# 私のことはほっといてください

北大路公子



PHP
文芸文庫

○本表紙デザイン＋ロゴ＝川上成夫

# 私のことはほっといてください◎目次

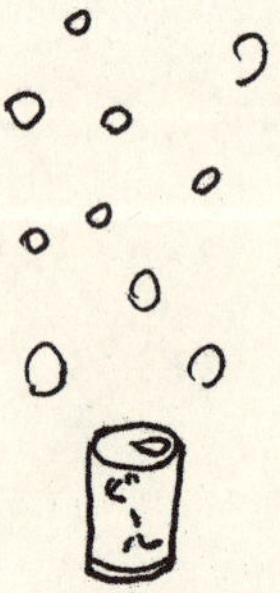

本文イラスト・霜田あゆ美

# 私のことはほっといてください

# 自由への戦士

冬のあいだ思春期の少女の心のようにかたく凍《い》てついていた窓を開けると、ご近所の奥さんが半裸で家の中を歩く姿が目に飛び込んできて、北国にもようやく遅い春の訪れである。思えば初めて彼女の半裸姿を目撃したのも、去年の同じ季節だった。越してきたばかりで周囲の住宅状況を把握《はあく》していなかったのか、あるいは二階だからと油断していたのか、カーテンの取り付けも済んでいない部屋で、半裸のまま悠然《ゆうぜん》と立ち尽くしていた彼女。

最初は幻かと思ったのである。以前その部屋に住んでいた夫婦が、夜中に窓を全開にしたまま取っ組み合いの大喧嘩《おおげんか》をするタイプであったのも悪かった。私は一度、奥さんの髪の毛を引っ張りまわしている最中の旦那さんと窓越しに目が合ったことがあるが、そしてそれに気づいて力をゆるめた彼の顔面に奥さんの反撃パンチがきれいに入った場面も目撃したが、あの部屋の窓自体がそういった非現実的な光景を次々映し出す不思議な力を持っているのかもしれないと疑ったのである。

もちろん、そんな馬鹿げた話はない。実際には窓は単なる窓であり、半裸はまぎれもなく半裸。そうこうするうちに、母親も「あそこの奥さん、この間上半身裸だったよ」などと言い出しはじめ、半裸妻が私以外の人間の目にも見える存在であることが証明されたのである。

半裸妻は実在する。実在する夫とともにあの部屋に住み、時には昼間、時には夜、実在する肉体的あれやこれやを惜しげもなく放り出した半裸姿で数時間を過ごしている。

その事実が与える衝撃は小さくはなかった。人妻界の秘密、という言葉を私はふいに思い出す。

人妻界の秘密。

私がそれに気づいたのは、まだ二十代の頃であった。年上の人妻と一緒にお酒を飲《の》んでいた時のことである。それまで子供の塾代（高い）のことや、夫の給料（さほど高くない）のことや、住宅ローン（返済六年目から急に高くなった）のことについて冗談交じりに語っていた彼女が、ふとした拍子にぽろりと漏らしたのだ。

「明日は何になろうかな」

言った直後に「しまった」という顔をした彼女を見て、それが口にしてはいけない一言だったことは、すぐにわかった。案《あん》の定《じょう》、そこから彼女の挙動がおかしくなった。「何になろうかなって何？」私の質問には一切答えず、目を合わせようともしない。それどころか「ところでお姑《しゅうとめ》さんがねえ」などと、わざとらしく話を逸《そ》らそうとまでしている。

「ねえ、明日は何になろうかなって何？」

しつこく食い下がる私と、そのたびに「いやまあ」などと言葉を濁《にご》す彼女。その攻防が数回続いた後、根負けした彼女が声を潜《ひそ》めて教えてくれたのである。

「実は夫と子供を送り出した後、様々な人に変身して一日を過ごしてるのよ」

「え……？」

「大物政治家の愛人として、バスローブ姿でワインを飲みながら何日も姿を見せない愛人を待ってみたり、幽閉《ゆうへい》された女王として、カーテンを閉めきった部屋でテレビも見ず電話にもでない一日を送ってみたり」

「女王……？」

「あとは国家権力から追われる政治犯として潜伏してみたりとか、時には重い病《やまい》に冒《おか》された孤独な少女として一日ベッドの中で過ごしたりとか」

「少女……？」

「だから、ちょっとした気分転換だってば」

と、今やすっかり開き直った彼女は余裕の笑《え》みを浮かべて言った。

「言わないだけで、みんな結構やってるんだから。あなたも結婚すればわかるって」

本当ですか、人妻。もちろんそう言われたからには、すぐにでも佐藤浩市《さとうこういち》と結婚して真偽を確かめたいところであったが、しかし残念ながら当時（というか今も）私に浩市（呼び捨て）との接点はまったくなく、自力でその日を迎えるにはどうにも展望は暗い。そこで手っ取り早く疑問を解決しようと、別の人妻に電話をかけてみた。主婦歴三年、学生時代からの友人である彼女は、私の話を聞くと愉快そうに笑いながら、開口一番「それはないわあ」と断じた。やっぱり！

「だよね！　ないよね？」

「うん、女王様や少女はない。私はもっぱら双子の妹かな」

「え……？」

「架空の双子の妹宛に『食器洗いをお願い』とか『風呂掃除を頼みます』とかメモを書いてテーブルの上に置く。で、妹の気分になったところでそれを見つけて、お姉ちゃんはほんと仕方ないわねえと言いながら家事をこなすわけよ。妹には名前もつけた」

「名前……？」

「ディテールが大事だから」

「ディテール……？」

「まあ単なる気分転換だけどね」

と友人は言った。

「キミコも結婚すればわかるかも」

時々、世間は私に対して大きな隠し事をしているのではないかと思うことがある。たとえば確定申告などという面倒な制度は本当は存在しなくて、毎年私が領収書を前に青くなったり茶色くなったりするのを、陰でみんなが嘲笑《あざわら》っているのではないかとか、そういう類《たぐい》のことだ。それと同じように、世の中には人妻の秘密結社があって、そこでは我々独身者の知らない世界が繰り広げられているかもしれない。

半年に一度、結社の担当者が人妻のもとを訪ねる。彼女は鞄《かばん》から分厚い指示書を取り出し、厳《おごそ》かに告げる。

「現在、人妻界が推進しているのは半裸です。あらゆる因習《いんしゅう》から自由になった半裸こそが、我々人妻を解放する扉なのです」

決意の眼差《まなざ》しでうなずく人妻。半裸妻は、自由への戦士なのだ。

# 世界で一番会いたい人

好奇心とか覇気《はき》とかを持ち合わせずに生まれてきたせいか、とりたてて会いたい人というのがいない。時々、「もし誰でも好きな人に会えるとしたら誰がいいですか？」などと訊《き》かれることがあるが、そのたびに本当に返答に困る。別に誰にも会いたくないし、何も話したくない。

「想像だからいいじゃないですか。天皇陛下にだって会えるんですよ」

って、だから会ってどうしろというのだ。

「何でも好きなことを話せばいいんです。想像ですから」

そうは言っても共通の話題など、あろうはずがない。私は自分の部屋から十数歩離れた風呂場へ行くのが、毎晩もう面倒で面倒で仕方ないのだが、「狭い我が家でさえそうなのですから、御所《ごしょ》はさぞかし……」とかか？　いやいや、さすがにそんなわけにはいかないだろう。ていうか、そもそも何を着て行ったらいいのかがわからない。いくら「平服《へいふく》で」と宮内庁に言われても（言われてないけど）、それを真《ま》に受けたら大変なことになる。

まあ、どうしても誰かに会わなければならないというなら、ビル・ゲイツかなあとは思う。でも、それだって「ビル・ゲイツくらいになると、わざわざ入りに行かなくても風呂が向こうからやってくる」と人から聞いたからで、ビジネスチャンスがどうとか成功の秘訣がなんとかとかいう話には、まったく興味がない。風呂がどんな感じでやってくるのかを本人に確かめて、できればその現場を直《じか》に見せてもらって、なんならひとっ風呂浴びさせてもらえば、もうそれで大満足だ。

と、なんぴとたりとも私に「会いたい人は？」と訊かないでほしいと願う日々を送っているわけだが（「私っていくつに見えます？」という例の質問もやめてほしいが、でもあれはつぶらな瞳で「二十歳《はたち》！」って言ってりゃ何とかなることもある）、しかし最近になって、一人だけ会ってみたいなあと思う人がいることに気づいた。「あとの私」だ。

「あとの私」は、本当に立派な人物である。真面目《まじめ》で実直、滅多《めった》なことでは怒らず、素直でなにより働き者だ。実際会ったことはないが、おそらくそうだろう。長い間、私は心の底から彼女を慕《した》い、頼ってきた。全幅《ぜんぷく》の信頼をおいてきたといってもいい。ただ、こんなことを言うのは心苦しいが、その信頼とは別の部分で、ここのところうっすらとした不安が、ふいに心に湧《わ》き上がるのも事実なのだ。

「あとの私」って本当にいるの？

いや、いるだろうとは思う。むしろ、いてもらわなきゃ困る。現に私は今までずいぶん多くのことを「あとの私」に託してきた。二日酔いの朝、重い頭を抱えながら「ああ、ぎもぢわりー。朝ごはん？　朝ごはんは後でいいや」と朝食を任せたこともあるし、二日酔いでも何でもない朝に「ああ、だりー。このままだらだら寝ていたいー。仕事？　うんまあ後でいいや」と仕事を任せたことも何度もあった。

もちろん「あとの私」が、私の頼みを断ったことは一度もない。「悪いけど、私も今日はちょっと予定があって」とか「あなたね、先週もそう言ってシーツ交換を私に押し付けたでしょ。私はお手伝いさんでもあなたの母親でもありません。今度からは今やってください。あ、さっき編集さんに『なんか朝からだらだらサボってますよ』って電話いれときましたから」などとは言わない。断じて言わないが、しかし実のところやりもしないのである。一度もやったことがない。

やるのは決まって「今の私」だ。今の私が結局「さっきめんどくせーと思ったことは、今だってめんどくせーんだよ」とかなんとか文句たれながら、重い腰を上げて動くはめになる。仕事も洗濯も買い物も布団の上げ下ろしも入浴も保険の見直しも、全部今の私。底なしの懐《ふところ》の深さで丸ごとすべて引き受けてくれたはずの「あとの私」は、なぜか姿すら見せない。

むろんこれは裏切りなどではない。単なる時間切れである。「あとの私」が現れるより先に、仕事や入浴のリミットがきてしまったのだ。特に入浴はデリケートな問題で、うっかり夜中の〇時をまたぐと鏡の中から手が出てきたりするし、かといってそれ以上待つと丑三《うしみ》つ時《どき》になってもっといろんなものが出てくるので、あまり時間の幅がとれない。そこで「ああ、ビル・ゲイツになりてー」と思いながら、今の私がずるずると風呂に入ることになる。仕方のないことだ。

ただ、だからといって、このままでいいとも思えない。信頼は信頼として揺るがないものの、不安は不安としてやはり拭《ぬぐ》いがたくある。一体いつになったら「あと」はやってくるのか。その「あと」は本当にすべてを処理できるのか。日常の細々《こまごま》したことは、結局、今の私がぶーぶー言いながらやってしまった。残るは四年前から「やるやるやりますまじほんと目を見て」っつって全然手を付けていない原稿とか、最後に食べると言いつつ酔って寝てしまった時の大量の〆《しめ》のラーメンとかの大物ばかりだが、そこらあたりは大丈夫か。死ぬ直前に「今が『あと』です！」とか言って現れて原稿一時間に二百枚くらい書いて、ラーメン三十杯食べても、誰も死ぬとは思ってくれないんじゃないか。

さまざまな問題を我々はそろそろ話し合うべき時期にきている。今後「会いたい人は？」と尋ねられた場合には、ぜひ「あとの私」の名をあげたい。あげたからには話し合いを実現させるべく、質問者には仲介と立ち会いもお願いしたい。その際は、どうぞ平服でお越しください。

追記

この最後の一文が、先日発売された私のエッセイ集『流されるにもホドがある』（実業之日本社）に書いた、とあるエッセイと同じシメであることにたった今気づきましたが、もうどうしようもないのでこのまま載せますね！「ね！」じゃないよね！

# 丸川寿司男の数奇な運命

その日、世界は救われた。誰一人讃《たた》える者はなく、誰一人知る者もない場所で、世界はしかし確かに救われた。私は今もそう信じている。

すべては来客からはじまった。半月ほど前のことである。

突然の客だったわけではない。予定は前々から決められ、彼らを迎え入れるべく私は朝から掃除に励んでいた。世の中には急の来客にも「ちょちょちょちょちょっと待って！　一瞬待って！　洗濯物隠すだけだから！」という言葉を発する必要のない種類の人が存在すると耳にしたことがあるが、私はその話を信じてはいない。そんなものは都市伝説か、もし実在するとすれば他の星からやってきた宇宙人に違いないのだ。

生粋《きっすい》の地球人として、だから私は粛々《しゅくしゅく》と掃除に取り組んでいた。否《いな》、正確にいうならば、バタバタと取り組んでいた。あちらに掃除機をかけ、こちらの床を拭《ふ》き、勢い余って本棚の整理まではじめそうになるのを「いやいや、今日はそういうアレじゃないから」と自ら押しとどめ、ああそうだ、トイレのタオルも取り替えなくちゃ、ティッシュも新しいのを出さなくちゃ、それからビールも冷やさなくっちゃだってビール大事だしほんと何がなくともビールだし、ていうか、あれ？　お昼どうするんだっけ？　お寿司だっけ？　お母さーん、出前頼んでくれた？

「あら、やだ忘れてた！」

母親の慌てたような声を聞いて、私はバタバタのまま受話器を取った。頭に浮かんでいるのはウニ。お品書きを手に「特上でいいよね。ウニ入ってるから。ウニ。うひひひひ」と笑いを漏らしながらプッシュボタンを押す。

確かにうかつだったとは思う。朝から続くバタバタと、先走ったウニへの熱い思いで、気持ちのどこかが上《うわ》の空《そら》になっていたに違いない。結果として寿司屋へ繋《つな》がるはずの電話は、寿司屋ではないどこか別の家に繋がり、しかし私は微塵《みじん》もそのことに気づかず、相手が出るや否や、

「出前お願いします！　特上四人前なんですけど！」

「……え？」

って、それは本当に「……え？」であろうと、つくづく思う。「……え？」以外の反応が思いつかないくらいの、まごうかたなき「……え？」案件である。

幸いなことにというか、時既に遅しではあるがというか、私も自分の過《あやま》ちにはすぐに気づいた。相手女性の「……え？」の声があまりにもか細く、恐ろしいほど弱々しかったからである。あれほどテンションが低く、どこか怯《おび》えたような様子で、なおかつ困惑を前面に出して注文を取る寿司屋の店員がいるはずがないのだ。

何か言うべきではあった。ただ、私自身も混乱していた。自分の招いた間抜けな状況を受け入れられず、電話の前で何をどうすることもできずにいた。時間にすると数秒程度だったろう。けれども、その数秒の間、私はたった一つのことだけをぐるぐる考え続けていたのである。

「昭和のコメディドラマでこういうのよく観た」

観たのである。携帯電話もスマホもない時代、子供が夜になっても帰らないとか、何かの合格発表を待っているとか、あるいは初孫誕生待機中とか、とにかく緊迫した場面で皆が黒電話を囲んでいる。そこでベルが鳴り、飛びつくようにして出ると、間抜けな声のおっさんが「来々軒さん？　チャーシュー麺二つ、大至急ね！」などと呑気《のんき》に叫ぶのだ。似たようなシーンを何度も観た。そして観るたび、子供心に憤《いきどお》った。

「どこの世界に相手を確かめもせずにいきなり用件を言うバカがいるというのか」

ここにいた。そんなバカが幸福の青い鳥並みに近くにいたのだ。

黙り込んだ私を気味悪く思ったのか、やがて彼女は静かに受話器を置いた。慌てて口にした「ごめんなさい」は、おそらく届かなかっただろう。まるで蜘蛛《くも》の糸のような私たち二人の間の細い繋がりは、それで永遠に断たれてしまった。悪いことをしたと思う。けれども世の中に偶然はないともいう。すべてが必然だとしたら、私と彼女のこの出会いにはきっと意味があるはずなのだ。私は正しい番号に改めて電話をかけて寿司を注文し、それから救われた世界について考えた。

『丸川　寿司男（まるかわ　すしお、平成二十七年〈二〇一五年〉十二月三日〜）

日本国北海道札幌市生まれ。幼少時から飛び抜けた運動能力と知力、さらには並外れた統率力で、神童の名をほしいままにする。中学二年生の時には、巡業中の横綱と相撲《すもう》を取り、下手投げで勝利したという説があるが、これは本人が否定している。

二〇五〇年、地球に初めてオダッタ星人が攻めてきた際に結成された「地球防衛軍」の初代責任者。当時、各国からの寄せ集め部隊だった防衛軍を見事に率い、また好戦的とされるオダッタ星人との和平交渉にも成功。一人の犠牲者も出さずに地球を護りきった。二〇五五年、正式に「救世主」の称号を与えられる。

両親ともに日本人。「寿司男」の名は、当時離婚話が進んでいた両親のもとにかかってきた間違い電話が由来だという。「深刻な話し合いの最中に、いきなり『特上四人前！』と言われて、何だか別れるの死ぬのと泣いてるのがばからしくなったの」と、後に母親がテレビ取材に語っている。「それでやり直そうかということになって、その後、あの子が生まれたわけです。寿司男がいるのも、そして今日地球があるのも、本当にあの間違い電話のおかげです。真の救世主は間違い電話の彼女かもしれません」』

いやあ、それほどでも。

なんだか猛烈に気分がよくなって、届けられた寿司を照れながら食べたのである。

# 「奇跡」と「呪い」の狭間で

もしかすると私は大きな勘違いをしていたのかもしれない。

シーツの下から現れた一本の髪ゴムを見ながら、私はふいにそう思った。何の変哲もない黒い髪ゴムである。昨日の朝から行方不明だったそれが、洗濯のために剝《は》がしたシーツと敷布団の間からひょっこり顔を見せたのだ。

「あれ？　こんなところに？」

はじめ私は喜んだ。一日半ぶりの思いがけない再会に、心が浮き立ったといってもいい。しかし、その喜びが小さな疑問に変わるのに、さほど時間はかからなかった。

「ていうか、どうしてこんなところに？」

布団の下ならわかる。ゴムが落ちていることに気づかずに床《とこ》をとってしまったのだろう。布団の中でも、まあわかる。髪から外し忘れたゴムが寝ている間に落ちてしまったのだろう。だが、シーツと敷布団の間である。自分の意志でもって何かを入れようとするのもなかなか難儀な場所に、一体どうやって潜《もぐ》り込んだのか。

思えば特別な髪ゴムだった。出会ったのは今年の三月、友人と三人で温泉へ向かう途中の峠の売店である。

あの日のことはよく覚えている。猛吹雪だった。札幌を出発した頃はちらちら舞う程度だった雪が峠に近づくにつれ激しくなり、気がついた時には友人の車は、右も左も上も下もわからないような真っ白な峠道をゆっくりと進んでいたのである。

何も見えなかった。頼りになるのは前を行く車のテールランプだけだが、それもしばしば吹きつける雪にかき消された。視界すべてが白。とにかく白。前にも後ろにも逃げ場のない世界で、我々は目に見えて消耗していった。車内に流れる重苦しい空気。それでもなんとか雰囲気を変えようと、東京から来ている友人に私は明るく話しかけてみる。

「これこれ！　これが本場のホワイトアウトだよ！」

「ああ、あの死ぬやつ……」

徐々に誰もが無口になっていった。沈黙が続く。助手席に座る私は運転席の友人に、一分おきに「前、見えてる？」と尋ねそうになる衝動を抑えていた。訊いたって無駄。そもそも私自身がまったく見えていないのだから、となりにいる彼だって見えているはずがないのだ。もし見えているとしたら、それは「前」ではなく、天国へと続く道だろう。

まずは峠の道の駅まで。なんとか無事に峠の道の駅まで。そう祈るようにしてようやくたどり着いた道の駅で、私は件《くだん》の髪ゴムを買ったのだ。とりたてて必要だったわけではない。疲れた身体で店内をふらふらと歩き回る私の目に飛び込んできたのが、その髪ゴムだった。「あって困るものでもないし」と、何も考えずにレジに差し出したのは、今思えば呼ばれていたのだろうか。

それが普通の髪ゴムとどこか違うと感じ始めたのは、温泉から戻ってほどなくしてからだった。なんか知らんが、すぐになくなるのである。まあ確かに髪ゴムとは元来そういうものではある。右向いて左向いたらなぜか消えている、そんな儚《はかな》い存在こそが髪ゴムだといってもいい。ゼムクリップが引出しの中で繁殖していると疑われるのとは対照的に、髪ゴムはお互いを殺し合っているのではないかというほど次々消えていくものだ。

が、それにしても異常だった。「右向いて左向いたら」どころか、「右向いた」だけでもう姿が見えなくなっている。顔を洗っていただけなのに、仕事をしていただけなのに、ちょっと回覧板届けに行っただけなのに、もうない。ないのは構わない。諦めればそれで済む。厄介《やっかい》なのは出てくるのだ。脱衣カゴから、自分が着ている服の中から、本のページの間から、あるいは何度も何度も探したはずの場所から、後になって必ずひょいと姿を現す。

奇跡の髪ゴム。

いつしか私はそう呼ぶようになっていた。どんなことがあっても持ち主の元に戻ることから、幸福の象徴とされ、世界各地で信仰の対象となっている奇跡の髪ゴム。それは千年に一度、世の中でもっとも心のきれいな人の前に現れ、その者と周囲とに幸福を与えるという……ような話は見たことも聞いたこともないが、なけりゃ私が作ればいいのである。私が作って、「白い光　奇跡の髪ゴムに導かれ猛吹雪の峠から生還した私」みたいな小冊子もがんがん刷って、この髪ゴムを祀《まつ》った神社も建てて、するとたちまち世界中から参拝者が押し寄せて、ご神体をかたどったお守りも飛ぶように売れて、いやもう一気に大金持ちである。夢の大金持ち。すれ違う人全員にアイス奢《おご》っちゃうくらいの大金持ち。

だから昨日の朝、髪ゴムの姿が見えなくなった時も、私はさほど慌てなかった。

いずれどこからかひょっこり現れるであろうと信じていたし、実際そうなった。しかし、何かが妙だと思ったのもまた事実である。なにしろシーツと敷布団の間である。いつもの「あ、ちょっと出かけてましたー」という登場の仕方とは明らかに違うその姿に、正直、私は戸惑っていた。違和感が胸に広がる。

もしや身を隠していた？

ふと浮かんだ疑いが、やがて別の疑いを呼ぶ。

呪いの髪ゴム？

これは奇跡の髪ゴムなどではないのかもしれない。捨てても捨ててもいつしか舞い戻り、手にするものに不幸をもたらすという呪いの髪ゴム。考えてみれば、ここのところろいいことなど何一つない。腰は痛いし、ようやく食べられるようになった牡蠣《かき》にはあたるし、今日だって午前中から友人の家でバーベキューの約束があるのに、朝の時点でまだこの原稿を書いている。眠いし、早くビール飲みたいよ。

目を閉じると、真っ白なシーツの下から現れた黒々とした髪ゴムの姿が、今も目に浮かぶ。それは一体私に何を訴えかけているのか。奇跡か、あるいは闇の世界からのメッセージか。真実はわからない。わからないまま、髪ゴムは今も私の手元にある。

# ひと夏の出会いと別れ

残念なことに、今年の夏も河童《かっぱ》に出会えなかった。昔から河童が好きで、子供の頃はいつか一緒に相撲《すもう》をとりたいと思っていたし、大人になった今は河童の国にマヨネーズを伝えて「食の革命者」として国を牛耳《ぎゅうじ》ることを夢みている。未《いま》だ調味料の類《たぐい》を知らず、生の胡瓜《きゅうり》や尻子玉《しりこだま》をぽりぽりとかじって暮らす河童たちは、あっという間に私（と私が持ち込んだマヨネーズ）に心酔《しんすい》し、神として崇《あが》め奉《たてまつ》るはずなのだ。

もし出会うとすれば、と私は考える。それは家の近くの川べりだろう。季節は初夏。きらきらと輝く水面の眩《まぶ》しさとは裏腹に、雪解けの気配が残る流れは深くて速い。その速い流れの中、頭の皿を水草に引っ掛けて溺《おぼ》れかけている河童を私が助けるのだ。

「か、かたじけない」

私が差し出した木の枝を摑《つか》んで岸に這《は》いあがり、荒い息を吐いて河童は言う。着ているTシャツはぐっしょりと濡《ぬ》れ、背中の甲羅《こうら》が透《す》けて見える。ところどころに緑色が滲《にじ》んでいるのは、甲羅の苔《こけ》が擦《こす》れたせいだ。顔色が悪い、かどうかはわからない。なにしろ全体的に緑色なのだ。

「大丈夫？　少し休んだら？」

私の言葉に河童は首を振って、ふらふらと立ち上がる。そして「まことかたじけない。このお礼は近いうちにきっと」と緑の顔で言う。言いながら、思いのほか紳士的な仕草で握手を求め、しかし慌ててすぐにその手を背中に隠す。ちらりと見える水かきに、ああ河童であることを知られたくないのだなと私は思う。

河童が「お礼」にやってくるのは、その翌日だ。顔色は相変わらず緑色だが、昨日よりはだいぶ元気そうである。どうして私の家を知ったのか、サイズの合わないスーツに身を包んで玄関先にひょろりと立っている。手には真っ白な手袋、頭にはカンカン帽。私がドアを開けると、コホンと一つ咳払《せきばら》いをしてうやうやしく頭を下げ、

「昨日はご面倒をおかけしました。これは我が家の庭で獲《と》れたばかりの蟹《かに》でございます

ます。お口に合うかどうかわかりませんが、何卒《なにとぞ》お納めください」

と口上《こうじょう》を述べて蟹を差し出す。蟹といっても小さな沢蟹で、それが草の葉の上に五匹ほど行儀よく並べられている。河童の家の「庭」というのはあの川のことだろうか、こんな蟹があの川に棲《す》んでいるのだろうか。そう思いながらチラリと河童を見ると、河童は妙に生真面目《きまじめ》な顔で私を見つめている。目が合うと嘴《くちばし》を器用に広げて笑顔になった。

それから河童はちょくちょく我が家にやってくるようになる。お茶を勧めるとお茶を飲むし、水を勧めるとこれは飲まずに私の目を盗んで頭の皿へ入れる。河童はあくまで自分が河童であることを知られたくないのだ。着たきり雀《すずめ》のスーツも私の目から見るとたいそうくたびれているが、本人はいたく気に入っているようで、しきりに「やはり人間は服を着なければいけません」などと言う。

「たとえば河童ですか？　ああいう輩《やから》はいけませんな。やつらは裸で暮らしているそうですが、人混みでは甲羅がゴツゴツぶつかり合ってたいそう喧《やかま》しいとか。やはり人は人らしくありませんとな。洋服は文明の証《あかし》なのです」

しかしそうは言っても実際は河童。簡単に洋服を新調することもできないだろうからと、私は新しいシャツをプレゼントする。甲羅があっても脱ぎ着しやすいよう、大きなサイズの開襟《かいきん》シャツだ。河童はそれを受け取ると、緑の顔をみるみる真っ赤にして、ぴょんぴょんと飛び跳ねる。喜んでいるのだ。

「私のシャツなのですな。私の、私だけの、本当に私のシャツなのですな」

飛び跳ねながら、何度も念を押す。それからサインペンでタグ部分に奇妙な模様をくにゃくにゃと描き、「名前です」と誇らしげに見せる。もちろん何と書いてあるかは読めない。とりあえず「かっこいいね」とほめると、鼻の穴をふくらませて、さらに高く飛び跳ねる。

「私のシャツですから、人間の私のシャツですから私の名前を書きました」

そんなふうにして私たちは一緒に夏を過ごす。花火をして、河童の手土産の魚を食べて、高校野球を見る。河童は野球のルールを知らないが、ユニフォームには興《きょう》味津々《みしんしん》で「ああいうひゅんとした感じの服もいいですな。それから硬い帽子。文明という感じがいたします」などと言う。それからはっとしたように自分のシャツの裾《すそ》を引っ張り、「いや、もちろんこれがもっとも素敵です。あなたがくださったこれが一番です」と慌てて言い募《つの》る。河童は案外義理堅いのだ。

その高校野球の大会が終わる頃、私はひどい風邪をひく。ベッドから起き上がることも、電話にも出ることも、訪ねてきた河童のために玄関を開けることすらできない。ようやく歩けるようになるのは一週間後で、たまった郵便物を取りに外に出ると、玄関先に小さな包みを見つける。大ぶりの葉に包まれた、見たこともない不思議な魚だ。すらりとした形で鱗《うろこ》は七色、光を受けると全体が発光したように輝く。添えられたメモを開くと、いつか見たくにゃくにゃの河童のサインと「ワスい」という文字が読める。

「ワスい?」

なるほどこれは河童のお見舞いだろうと見当をつけたが、それにしても「ワスい」の意味がわからない。魚の名前だろうか、それとも河童の名前の日本語表記だろうか。とりあえず魚を冷凍しながら、今度河童がやって来たら訊《たず》ねようと私は思う。一緒にこの魚を食べようと思う。早く河童に会いたいと思う。

が、その日からなぜか河童はぴたりと姿を見せなくなるのだ。一週間たっても二週間たっても一ヶ月たっても現れない。もしかするとまた川で溺れているのではないかと、初めて会った川べりの道を歩いてみるが、水嵩《みずかさ》は夏のはじめよりずっと少なく、溺れようにも溺れようがない。あれだけ足繁《あししげ》く通ってきた河童が来なくなったことで、私はなんだか裏切られたような気持ちになり、ついには七色の魚も捨ててしまう。

魚を捨てると、河童はますます遠いものになる。河童の影が私の中でどんどん小さくなり、やがて河童と話をしたり遊んだりしたことが現実かどうかすらわからなくなる。もしかすると河童なんていうものは幻だったんじゃないか。私は長い夢を見ていたんじゃないか。そう思い始めた頃、再び私の前に突然河童が現れるのだ。

久しぶりに見る河童は、ずいぶん印象が変わっている。手袋もしていなければ、カンカン帽もかぶっていない。あれだけ隠していた頭の皿は丸出しで、かろうじて私の贈ったシャツを身につけているものの、痩《や》せたせいで脇のあたりがバサバサと秋風にはためいている。何かに怯《おび》えているのか、人や車が通るたびせわしなく後ろを振り向く。初めて蟹を持ってうちを訪ねて来た時の堂々とした晴れやかさとは、まるで別人のようだ。

「ご無沙汰《ぶさた》しておりました」

それでも丁寧に河童は言う。どうしてたの？　どこかへ行ってたの？　心配したのよ。もう会えないかと思った。とりあえず中に入ってお茶でも飲んだら？　思わず畳み掛ける私を河童はじっと見ている。それから静かに「今日はお別れにまいりました」と言う。

「え？」

「遠くに行くことになりましたので、最後のご挨拶《あいさつ》にまいったのです。あなたさまには本当によくしていただきました。とても楽しい夏でした。このシャツも」そう言って、いつかのように裾を引っ張る。「どれだけ嬉しかったかわかりません」

私は黙って河童の顔を見る。改めて見る河童はずいぶん年嵩のように思える。そういえば私は河童の名前も年も知らないのだ。

「どこへ行くの？」

「遠くです」素《そ》っ気《け》なく河童は続ける。「長く留守にする予定です。その間、もし誰かに私やご神体のことを訊かれることがあっても知らないと言ってください」

「ご神体って？」

「もしもの話です」

私の質問には答えず、河童は言う。その様子が私の知っている河童とは違うようで、私はもう何も言葉がでない。「いつかは魚をありがとう」かろうじてそう言うと、河童はようやく見知った優しい顔になる。

「ええ、ええ、あれはなにしろ特別な魚ですからな。どんな病《やまい》にも効《き》きますからな。どうでした？　効いたでしょう？」

ああ、そうか、と今になって私は気づく。「ワスい」は「クスリ」だったのか、あれはそんなに大事な魚だったのか、なのに私はそれを捨てたのか。泣きそうな気持ちで「すごくよく効いたよ」と私は嘘を言う。河童は嬉しそうに頷《うなず》き、実に紳士的な仕草で右手を差し出す。水かきのあるその手を私は握る。初めて直《じか》に触れる河童の手はひんやりと冷たく、でも温かい。

「さようなら」と河童は言う。それから静かに背を向ける。河童は一度も振り返らない。

と、行きがかり上別れてしまったものの、「マヨネーズの野望どうなった」という声が上がることはわかっている。私も本当にそう思う。何でこんなことになってしまったのか。だが、とりあえず河童が好きだという気持ちは伝わったかと思う。一日も早く河童に会いたい。

# 天から与えられた使命

すべては「今から思えば」ということであるが、その日、私が天から与えられた使命は「止まると寝る酔っぱらいを見知らぬ街で無事にホテルに連れ帰ること」であった。

東京まで相撲《すもう》見物に行っただけの私に、どうしてそんな使命を与えられたのかはわからない。これまでずいぶんお酒を飲んできた身であるから、「おまえも酒飲みとして、そろそろ一つ上の段階を目指してもいい頃だろう」ということかもしれない。

「ただしこのまま黙ってというわけにはいかぬ。おまえにはいくつかの試練を与えよう。手始めがこの女だ。この女を無事にホテルに連れて帰るのが、最初の試練じゃ。なに、さほど難しいことはない。暴れも泣きも怒鳴りもせぬ酔っ払いじゃ。キミコよ。わしも老いた。この目の黒いうちに、なんとかおまえを一人前にせねばならぬのだ。さあ行け。この老いぼれに希望の光を見せてくれ」

って、いやいや、あんたも老いたかもしれないが、私もだいぶ老いてきたから無茶させないでほしいというか、そもそもあんた誰なのか。

いずれにせよ、そうして私の前に一人の酔っ払い女性が遣《つか》わされた。Mさんである。

天の遣いというのは一見してはわからないものである。Mさんも当初はいつもどおりのMさんであった。大相撲見物に出かけたおのぼりさんの私に、一人じゃつまらないだろうとわざわざ一緒にホテルをとり、三日にわたって行動をともにしてくれた。とても親切な人なのである。

もちろん、そのホテルに向かう際、駅前の案内板を見ながら、「こっちですね！」と明らかに遠回りの道を選んだのも、弱々しく異議を唱える私に「大丈夫ですって！　私は東京が長いんですから！」と大見得《おおみえ》を切ったのも、あげく「変だなあ。なかなかホテルが近づかないですね。でもこれが秘密の近道だと思います！」と見るからに行き止まりになりそうな路地に入り込んだのも、そしてそこがまんまと行き止まりだったのも、まったくもっていつもどおりである。ついでに言えば、遠回りをしたせいで友人たちとの夕食の約束に少し遅れたのだが、遅刻の連絡をした直後に時間を確認しつつ、「よし、ちょうどいい感じですね！」と言い切っていて、まあそのよくわからなさもいつもどおりなのだった。

天の試練が襲いかかってきたのは、二日目の夜である。

相撲見物を楽しく終え、合流した人たちも加えて総勢六名で中華料理を食し、では改めて飲み直しましょうと別の店に入った直後のことだった。それまでにこにこ微笑《ほほえ》みながら皆の話に相槌《あいづち》を打っていたMさんの姿が、気がつくと消えていた。トイレにしてはやけに長いような気がする。長年の飲酒生活で培《つちか》われた私の「飲んだくれ危険信号」が点滅するのに、さほど時間はかからなかった。

「寝てるんじゃないかなあ、どこかで」

一緒に飲んでいたK嬢に思わず漏らす。

「あ、そういえばさっきトイレに入ったら、奥の個室が一つずっと閉まっていました」

「……」

嫌な予感を胸に、無言で立ち上がる二人。案《あん》の定《じょう》、Mさんはその個室で眠っており、声をかけるとすぐに出てきたが、しかし席に戻って皆に「うふふ、寝ちゃってました！」と報告した直後に再び姿を消した。一度、寝床を見つけてしまった酔っ払いは、何度でもそこへ帰るのだ。

その時点で、私は様々なことを覚悟した。もうホテルに戻るべき頃合いであること、だがすんなり事は運ばないだろうこと、こいつ絶対人の話きかないであろうこと。

「さほど難しいことはない」と天の老師は言ったが（言ったのか？）、実は「眠くなった酔っ払い」というのはたちが悪い。止まると寝るし、座ると寝るし、寝るためにはどこにでも入り込むし、そして寝たが最後、二度と起きようとはしない。以前、カラオケの途中で財布も鍵も携帯電話も全部置いて突然いなくなった友人は、我々が交番に行ったりして大騒ぎをしている間、かなりの距離を自宅まで歩き（財布がないので）、マンションの非常階段で朝までぐっすり眠っていた。寝るとなったら、何がなんでも寝るのである。

が、だからといってトイレに泊まるわけにはいかぬ。なんとかホテルに戻るべく、私とMさんは電車に乗った。混んでいればいいなと思った電車は、あいにく若干《じゃっかん》の空きがある。昼間、「どこ行っても人だらけじゃねーか！　どうなってんだ、この街は！」と私を怒らせたのと、とても同じ東京とは思えない。これではM

さんが座ってしまうではないかと思った瞬間、彼女は「わたくし！　もう一分たりとも起きていられません！」と高らかに宣言したかと思うと、見つけた空席にまんまと腰を下ろした。無駄とは知りつつ、一応引き止める。

「座らない方がいいよ。座ると寝ちゃうよ」

「だからですよ！　寝るんですよ！　着いたら起こしてくださいねえ」

世の中にこんなに起きる気のない「起こしてください」があるだろうか。私はあっという間に舟を漕《こ》ぎ始めたMさんの頭頂部を絶望的な気持ちで見下ろし、懸命に考えを巡らせていた。それほど長い距離ではない。着々と下車駅が近づいてくる。だが、あまり早く起こしても再び寝てしまうのは明らかで、かといってギリギリだと酔っ払いは降りそびれてしまう。今か？　まだ早いか？　あとどれくらい？　ここか？　もうちょっと後？　慣れない駅名と駅間距離に翻弄《ほんろう》されながら、なんとかタイミングをはかり、ここぞというところで声をかけた。

「次だよ、起きて」

「あ、いえ、私はいいです」

あっさり断られてしまった。

「いやいや、よくないから。起きてってば」

「うーん、そうは言っても隣の人も寝てるし、私も寝ますね」

自分の横で目をつぶっている若い娘さんに目をやりながら、再び目を閉じるMさん。どんな理屈なのかさっぱりわからない。

「隣の人は関係ないから。起きて」

「えー」

「えー、じゃなくて」

「うーん、じゃあ、隣の人と降りてください」

だから隣は関係ないっつってんだろ！　ていうか、何を譲歩してやっている風なことを言っているのか。周りのにやにやした視線を感じつつ、私はそれでもなんとかMさんの手をとって（そして振りほどかれて）、電車を降りたのである。

下車してからも、隙《すき》あらば眠ろうとするMさんと、絶対に眠らせまいとする私の攻防は続いた。「ホテルまでタクシーに乗っちゃいましょうか」と提案するMさん。「寝るから絶対だめ」と却下する私。信号待ちの隙にガードレールに腰掛けてゆらゆら目をつぶるMさん。「ひっくり返るよ、車道側にひっくり返って頭轢《ひ》かれて潰《つぶ》れるよ」と耳元で囁《ささや》き続ける私。数歩進むごとに力なく立ち止まるMさん。

「ほら、あそこだから。あそこの大きな建物が昨日あなたがわざわざ遠回りしたホテルだから。もうすぐだから」と嫌みを交ぜつつ励ます私。最後はようやくたどり着いたホテルのロビーでホッとしたのも束《つか》の間《ま》、Mさんに「はい、これ部屋のキーです」と変な紙切れを渡されて、天の試練の厳しさを改めて思い知らされたのだった。

翌朝、「何で酔っ払っちゃったんでしょうねえ」とMさんは不思議がっていたが、何が悪かったかといえば夕食の中華を食べながら調子よく飲んだ紹興酒《しょうこうしゅ》かもしれないし、その前に国技館で十二時から飲んでいたビールとワインかもしれないし、あるいは朝ご飯の時に飲んじゃった缶ビールかもしれないし、さらにいえば前日の空港での昼ビールかもしれないし、そんなことは考えたって無駄なのである。

ただ一ついえるのは、今回の天の試練を乗り越えたことにより、私の酒飲みとしてのランクが一階級上がったということである。それはおそらくMさんよりは上であろう。上じゃなかったら腹が立つのである。

# 私が私であることの証明

先日、私という人間についてつくづく考えさせられる出来事があったので、報告したい。

きっかけは友人からの一本のメールである。彼女によると、インターネットのフェイスブックに私がいるらしい。らしい、というのは私自身まったく身に覚えのないことであり、それどころかフェイスブック自体が何をどうするものなのかもよくわかっておらず、この原稿でもまずは「フェイスブックとはいったい何であるか」を説明しようとしては失敗しているうちに二時間くらい経ってしまった。コーヒーばかり飲んでお腹もがぼがぼだ。

その、よくわからないフェイスブックに「北大路公子」がいるのだという。驚いて検索すると確かにいる。同姓同名かも……という僅《わず》かな望みを打ち砕くように、画面にばーんと現れるアイコン画像は、私が作者の方から使用許可をもらっている公式似顔絵だ。いやまあ公式似顔絵といっても、昔、イラストレーターのにご蔵さん（連載ページのイラストも担当してくれた）と一緒にお酒を飲んでいた時に、酔った彼女が描いてくれた「へのへのもへじ顔」だが、でもそれをほとんど力業《ちからわざ》でもって、あらゆる場面で顔写真の代わりとして使用している。

そのイラストが堂々アイコン。登録されている住所も私が住んでいる街で、おまけに私のブログにリンクが張ってある。

「あ、ほんとだ、私だ」

って、だから全然私ではないのだが、つまるところ完全に私のふりをしたなりすましの人が、一年以上も前からこのページを作成していたのだ。

面倒なことになった、というのが最初の感想であった。思えばツイッターでは、見知らぬ人に「北大路公子が病気見舞いに来た」とか「新刊を送ってきた」とか「酒場で会って一緒に飲んだ」とかこれまた身に覚えのないことを言われており、それについてはもう気づかなかったふりをしてやり過ごす作戦なのだが、それにしてもどうしてなのか。人生のあらゆる面倒事を避けるべく、ひっそりと物陰で酒を飲んで暮らしている私のところに、どうしてわざわざこんな厄災《やくさい》のような面倒が降りかかってくるのか。

今回も一度は無視しようと思った。「見えないものは存在しない」のだから、このままページを閉じて物陰に行き、ひっそりと酒を飲む暮らしに戻ろうとした。

ところが、である。これも人から聞いたのであるが、私の読者だという人がその偽キミコに話しかけているではないか。偽キミコは偽キミコで直接返事こそしてはいないものの、彼女のコメントに「いいね！」ボタンとやらを押している。するとそれに喜んだ読者の人が再び偽キミコに話しかけ、偽キミコがさらに「いいね！」を……というほのぼのとした心の交流が発生しており、いやあんた私の数少ない読者に何してくれてんのと。何いい感じになってんのと。酒の一滴は血の一滴であるように、読者の一人は血の一人だと。血の一人ってのもなんか嫌だけど、でもそうなんだと。

そこで名実ともに重い腰をよろよろと上げて、フェイスブック社に「なりすましアカウントの削除」を申し立てることにしたのである。

正直、そう難しいことではないと思っていた。手続き上の多少の煩雑《はんざつ》さはあるにせよ、なにしろ私は正真正銘《しょうしんしょうめい》の本人なのだ。本人が「こいつ偽者」と言えば、それは間違いなく偽者なのである。というのは、まあいささか乱暴な意見としても、本人が「こいつ偽者で私が本物。その証拠にこれを見よ！」と印籠《いんろう》的な（古い）なにがしかのブツを示せば、真偽問題はあっさり決着がつき、正義は守られるはずである。

幸い、「なりすましアカウント報告」のメールフォームを見ると、フェイスブック社も私と同じ考えを持っているようだった。当然である。そして印籠として運転免許証やパスポートなど、顔写真付きの公的身分証明書の画像の提出を求めていた。面倒である。面倒であるが、正義のためには仕方がないかと運転免許証を用意しようとした時、思わぬ落とし穴に気づいた。

私、北大路公子じゃないし。

あ、いや、もちろん北大路公子なのだが、それはペンネームであって本名は全然違う。そして当たり前だが、運転免許証には本名が記されている。つまり、この国に公的機関に認められた「北大路公子」は存在しないのだ。そのことに思い至った時、「ああ……」と思わず声が出ましたね。

私は私であるが、しかし私ではない。その私ではない私が、私が私であることを証明しなければならない。そもそも私って何だろう。

って、あんたもうね、そういうのは中学生の時に済ませておくべきあれじゃないの？　とも思いました、正直言って。「自分とは何か」なんて、思春期の雨の夜更《よふ》けにポエム帳（だから古いんだって）に「宇宙の中のちっぽけな私の中のたった一つの愛だけが揺るぎのない真実」とかなんとか意味不明なことを書いて満足しとけばいいのであって、何が悲しくて大の大人が雨も降ってない午後十時にそんなことを考えねばならぬのか。

もうどうでもいいや。一瞬、挫折《ざせつ》しかけた私を、しかしまた知り合いのアドバイスが救う。「北大路公子の名前と本名とが併記された書類画像を、運転免許証画像と一緒に送ればいいのではないか」。天の声かよ。死んだ祖母が「世の中は知恵者ばかりだから、わからないことは何でも世の中に訊け」とよく言っていたが、あれは本当だったのである。なりすまし発見からここに至るまで、大事なことは全部他人様が教えてくれた。ありがとう、他人様よ。あなたたちは本当に素晴らしい。私も他人様に生まれたかった。

そう感謝しつつ、「ペンネームと本名が併記された書類」として出版社との出版契約書をいそいそと用意する私。よし、これさえあれば大丈夫だろうと安堵《あんど》したのも束《つか》の間《ま》、しかしさらなる大問題が私を襲うこととなった。

本のタイトルがどれもこれも真剣味に欠ける。

もともと著作が少なく選択肢がほとんどない状態であるのに、右を向けば『枕も

とに靴　ああ無情の泥酔日記』であり、左を向けば『生きていてもいいかしら日記』であり、その向こうに『ぐうたら旅日記』である。どんだけ日記好きなんだよ、というか今どさくさに紛《まぎ》れて宣伝してるだろうという話は別として、これから自らの権利と存在とを賭《か》けてフェイスブック社に申し立てを行おうとする人間の添付画像が『ああ無情の泥酔日記』とはいかがなものか。

もちろんいいタイトルなのだ。本としては問題ない。中身と非常にマッチしていて、それがダメだということはつまりは中身がダメなのかとの問題にも発展しかねないので、タイトルはいいのだ。ただ場の空気と合うかといえばねえ。

それでも書名を捏造《ねつぞう》するわけにはいかず、勇気をもって一冊を選んだ。『頭の中身が漏れ出る日々』。「頭の中身だけじゃなく、本名も顔写真も全部漏らしちゃうよ！　だから偽キミコのアカウントは削除してね！」という私なりの誠意の表明だったが、フェイスブック社にそのあたりのことはちゃんと通じただろうか。

まったく通じなかったのである。寝癖のついたままの顔写真を含め、私の個人情報をごっそり持っていったくせに、あっさり門前払い。「偽キミコは北大路公子のページを作っただけで、北大路公子として積極的に発言していないからセーフ」との内容のメールを、自分はフルネームすら名乗らない担当者が送りつけてきただけだった。

虚《むな》しかった。私が私であることを認めさせることもできないなんて、もう何を信じていいのかわからなかった。確かなものは宇宙の中のちっぽけな私の中のたった一つの愛だけだと思った。フェイスブック側とはその後も何度かメールを交わしたが、一度たりとも話が噛《か》み合うことはなかったのである。

結局、なりすまし問題は、偽キミコによる自主的なページ削除が行われるまで続いた。とはいっても発覚から僅か四日後のことである。にご蔵さんの著作権違反報告によるイラスト削除や、知人からの偽キミコへのコメントや、その他ネット上での私と他人様とのやりとりを見たらしい偽キミコが、自主的にページを削除したのだ。

こうして、思春期からかなり遅れてやってきた「自分とは何か」問題は、様々な問題を投げかけつつ一応の終結をみた。残ったのはフェイスブック社への不信感と、「ばあちゃんの言うことは正しい」という事実と、本を出版する時のタイトルは一冊くらいカッコいいものを紛れさせておくべしという教訓である。タイトルについては『豊饒《ほうじょう》の海』とか『失われた時を求めて』とかがいいんじゃないかと思う。できれば次はそうしたい。

# 私に友達ができた日

この秋、新しい友達ができたのだが、さっそく絶交したい。

……乱暴な物言いであったろうか。しかし、相手はもともと友達になる予定などまったくなかった人なのだ。知り合ってから五年（だっけ？　四年？）ほど、仕事を通してそれなりに大人の関係を続けてきてはいたものの、それはあくまで仕事を通して……いや、違うか、正確には仕事を通そうとしてなかなか通せなかったというか、要は書き下ろし小説の依頼を受けて「書きます書きます」と応えたまま酒飲んでいたら月日ばかりがどんどん流れ、業《ごう》を煮やした相手に「小説書かないならエッセイ書けよ！」と言われて始まったのが、この連載だ。

つまり本書の担当編集者Y氏が、私の新しい友達なのである。

正直、今も戸惑いを隠せない。なにしろ急な話であった。その一時間、いや一分

前まで我々に友達の兆しは一切なかった。確かに彼からはしょっちゅう電話がかかってくるけれども、それは友情の発露《はつろ》などではまったくなく、単に私が〆切《しめきり》を破り倒しているからだ。当然、電話の内容は原稿の進捗伺《しんちょくうかが》いと催促のみ。

「どうですか」

「どうだったらいいと思いますか？」

「原稿が完成していればいいなと思います」

「私もです」

というようなある種の礼儀正しい殺伐《さつばつ》さが漂う会話ばかりで、そこに「著者と編集者」以外の関係性が入り込む余地があるとはとても思えなかった。

それが突然の友達宣言である。家庭内殺人事件などが起きると、週刊誌によく「昨日まで笑っていたのに……」といった見出しが躍るが、まさにそんな気分。「昨日まで口を開けば『原稿まだ？』としか言わなかった人なのに……」。なのに、なぜに今さら友達？

全部フェイスブックのせいである。先月、私のニセモノが出現した際に揉《も》めた（というか私一人が憤死《ふんし》しそうになっていた）フェイスブック社。そこに偽キミコのアカウント削除を申し立てると、本人証明を含めた様々な手続き上の要求をされることは前回も述べたが、これがどうにも面倒でわかりづらいのだ。中にはアカウントを持っていない私では不可能な事柄もあり、そういう場合はどうするかというと「アカウント登録をしている友達に頼め」と指示される。聞きました？「え？俺になんか言いたいことあんの？　悪いねえ、一見《いちげん》さんは受け付けてないんだわ。アカウント通して言ってきてくれる？」って、ふつう言えます？　まったくやつらの横柄《おうへい》さには呆《あき》れるばかりだが、しかし無力な私はすごすごと従うより他にすべがない。

「あのう、わからんことは友達に頼めと言われました」

ちょうどこの件に関してメールのやりとりをしていたY氏に私は言った。

「友達……？」

「はい」

「友達……？」

「だそうです」

「なるほど、私が友達ですか……」

そうして我々は晴れて友達になったのだ。って、いやいや、そんな馬鹿なことがあるはずないと思ったでしょう。私も思った。どこの世界にこんな便宜上の物言いを真《ま》に受ける大人がいるのか、と。

それでなくても友達とは難しいものなのだ。昔、となりの中学校と学校ぐるみの乱闘（ああ昭和……）を繰り広げた友人が、教師に叱られた時のことである。ずらりと並んだ悪ガキどもに、生活指導の先生が乱闘参加の理由を詰問した。最初の生徒がおずおずと「友達に誘われて」と答えたその瞬間、先生の雷が落ちたという。

「そんなのは本当の友達じゃない！　ただの悪い仲間だ！」

あまりの剣幕に驚き、一斉にうなだれる生徒たち。教師は改めて尋ねる。

「いいか、もう一度訊く。どうして喧嘩なんかした」

「……悪い仲間に誘われて」

「悪い仲間に誘われて」

「僕も悪い仲間に」

「そういうことじゃない！」

って、これ先生も途中で失敗したと思ったんじゃないかと思うが、というか実は私も未《いま》だ何と答えるのが正解なのかよくわからないのだが、たとえ教師といえども下手に手を出すと混乱を招くのが友達問題だというのはよくわかる。大人になってからも、「親友だと信じていた人が、ブログでAさんのことは親友と書くのに、私のことは友人としか書いてくれない」と相談を受けたことがあって、これは「知るか」と答えるのが正解だと思うのでそう答えたが、彼女は真剣に悩んでいた。ことほどさように友達というのは難しいのである。

それを見ず知らずのフェイスブックから言われたといってあなた、「では今日から私たちは友達です」とはいくらなんでもならないでしょう。いい歳をしてそれをいちいち真に受けていたら、世の中渡っていけないでしょう。

と思ったおのれの甘さが今は憎い。確かに大人は真に受けないが、しかし逆手《さかて》に取るのである。気づいた時には既に手遅れ。Y氏は私に対して日々「友達として」の原稿催促を行うようになっていた。曰《いわ》く、

「キミコのためを思ってはっきり言うけど、原稿いつも遅いのよ！」

「あえて耳に痛いことを言うのは友達だからよ。それでキミコに嫌われたっていい。早く仕事しなさいよ」

「がんばって！　キミコ！　私ずっと待ってる！　信じてる！」

これがまあムカつくムカつく。いや、自分が悪いのは重々承知しているのだ。しているが、それとは別の部分でなんともいえない腹立ちがある。今となっては、あのお互い砂を噛《か》ませ合うような礼儀正しい殺伐さがしみじみと懐かしい。

もちろん私は抗議した。本当の友達はそんなことは言わないはずだし、なぜオネエ言葉なのかもさっぱりわからない。折しも我々の仲をとりもったフェイスブックが、テレビやポスターで広告をがんがん打ち始めていた頃である。それによるとやつらの考える「ともだち」というのは、「誓い　よろこび」であり、さらには「くだらない冗談に笑」ったり「ちゃんと顔まで思い浮かべ」たり「写真を『いいね！』した」り「なんでもシェアした」かったりお互い「同じことをしたい」と思ったりしている存在だという。

寝言？

あ、いや、そうじゃない。フェイスブックの広告のことは今はいいのだ。それに関しては、生活指導の先生まで混乱に陥《おとしい》れる友達問題に遂に正面切って手を出したな、と生暖かく見守ればいい。そうではなく、我々を友達認定したフェイスブックの「ともだち」定義に、私とY氏はいっこも当てはまらないのだから、我々はやはり友達ではないだろうということである。

「そう思いませんか？」

必死に訴える私に、

「いや、あれはアメリカ人の考える友達だから」

Y氏はあっさり言った。そして何事もなかったかのように続けたのである。

「私たち日本人には関係ないのよ！　そんなことより、〆切何日過ぎてると思ってるのよ！　早く原稿書いてよ！　キミコ！」

ああ、一日も早く絶交したい。

# 後輩の謀反

あの二人はどういう関係だったのだろうと、今でも時々思い出すことがある。

冬のはじめの路線バスである。北国の日暮れは早く、窓の外には濡《ぬ》れたような夜の闇が広がりつつあった。座席はほとんど埋まっていたものの、立っている人は一人もいなかった。車内灯のザラザラした白い光の下、行儀よく腰掛けている人たちを見て、まるでどこかの教室のようだとぼんやり思ったのを覚えている。

そこに彼女たちはいたのだった。最初、私は二人を親子だと思った。三十代と思《おぼ》しき女性と五歳くらいの小さな女の子。私だけではない。その場にいた全員がそう思っていたはずだ。なにしろ女の子は女性を「お母さん」と呼んだ。よく通る大きな声で、「お母さん、ちょっとジュース飲みたいんだけど」とはっきり言ったのだ。

だが、皮肉なことに、それこそが違和感の発端《ほったん》でもあった。ピンクの耳あてをし

た小さな女の子。その子が身体ごと振り向くようにして、後ろの席の母親にジュースをねだる。母親はバスを降りるまで我慢しなさいと小さな声で言い、一度は頷《うなず》いた女の子はそれでもやっぱり諦めきれなくて何度も振り返っては頼み込む。一見、どこでも見かけるような微笑《ほほえ》ましい光景であるが、しかしそこには無視できないほど強烈な違和感がにじみ出ていた。

「ねえちょっと、ジュースちょうだいよ。ほら、さっき買ったりんごのやつさー。あれ今飲みたいんだけど」

女の子が圧倒的なタメ口なのである。いや、正確にはタメ口ですらないのである。私はもう大人で、それなりの数の友人知人と付き合ってきたが、いくら友達とはいえこんな口のきき方はしない。ではタメ口でなければ何かというと、むろん先輩風《かぜ》である。五歳の女の子から、あり得ないほど強い先輩風が母親に向かって吹いていた。

周りの乗客も私と同じように感じていたのだろう。気がつけば、もともと静かだった車内がより静まり返っている。聞こえてくるのは次の停留所を知らせるアナウンスと、彼女たち二人の会話だけ。ほかに口を開く者は誰もいない。全員が聞き耳を立てているのがわかった。

そのことを感じているのかいないのか、女の子の話し声はますます大きくなる。母親というより、まるで乗客という名の聴衆に直接訴えかけているかのようだ。一方、それに応える母親の声はとても小さい。早口であることとバスの中という場所のせいもあるのだろう、どこかおどおどと遠慮がちで気弱そうに聞こえる。

「トイレ行きたくなったら困るでしょ。だから、ジュースは我慢して静かにしてて」

正論である。そしてこの場面で親が子供に言うにふさわしい言葉である。誰もが納得するであろうその説明を、しかし女の子は一蹴《いっしゅう》した。

「トイレ？　トイレなんて大丈夫に決まってるっしょー。それよりなんかねー、あたし喉《のど》からっからなんだわ。さっきから喉からっからなって、ケホケホ、ほらねー、咳《せき》まで出るんだわ」

こ、これはタメ口ではないばかりか、五歳児ですらないのではないか。

乗客の間に目に見えない動揺が走るのがわかった。語彙《ごい》といい語り口といいギャラリーを意識した芝居っ気といい、とても幼児のそれとは思えない。朗々《ろうろう》とうたいあげるようなセリフ回しは車内の隅々まで響き渡り、「静かに」と母親が制するたび、その声は少しずつ確信的に大きくなっていった。

「ほんと早くしてくれないかなー。ジュースさー！」

「しっ！　静かに」

「喉からっから！　ジュース！　りんごのジュース飲みたいの！」

「わかった、わかったから静かにして。トイレ、ほんとに大丈夫なの？」

ついに母親が折れ、ペットボトルのジュースを差し出す。

「少しだけだよ。おしっこ行きたくなったら困るからあああああそんなに飲まないでえええええ」

車内に響くか細い悲鳴。胸を打つその叫びを、女の子だけは平然と無視した。母親に目を向けたまま、ごくごくと呷《あお》るようにペットボトルを傾ける。挑戦的ともいえるその姿を見ながら、「やはりこれは娘ではなく先輩なのではないだろうか」と私は考えていた。

今から五年前、カオル（仮名）のもとに待望の第一子が誕生した。かわいらしい女の赤ちゃんである。初めての我が子を胸に抱きながら、カオルはある決意をしていた。この子に大好きだった先輩の名前をつけよう。地味で気弱でいじめられっこだったカオルをいつもかばってくれた先輩。ちょっぴり不良っぽかったけれど、いつも堂々としていてカオルの憧れだった。でもある雨の夜、怪我《けが》をした子犬を助けようとしてトラックに轢《ひ》かれて死んでしまったのだ。そんな強くて優しい先輩のような人に育ってもらいたい。そう思いながら、カオルは娘を大切に育ててきた。その娘が一歳の誕生日を迎えた日のことである。昼寝から目覚めた娘が、突然大きな声で叫んだのだ。

「ちょっとー！　カオルー！　カオルー！」

昨日まで「うにゃうにゃ」言うだけだった娘の突然の変化である。驚いて駆けつけたカオルに、にこにこ笑いながら娘は言った。

「カオル、わかる？　あたしだよあたし」

「……え？」

「やだ、まさかあたしのこと忘れちゃった？」

「せ、先輩……？」

呆然《ぼうぜん》とするカオルに向かって、先輩はそっと頷《うなず》いてみせた。それからゆっくりと起き上がり、よちよち歩くとカオルの胸に飛び込んだのである。

「先輩！　本当に先輩なんですね！」

「そうよー。まったくいつまで驚いてんのよ。いいから離乳食食べさせてよ」

以来、二人は表向きは親子として、しかしその実、先輩と後輩の秩序と絆をもって、ともに暮らしてきたのである。

バスはゆっくりと夜の街を進む。念願のりんごジュースを手に入れた先輩は、今度はペットボトル片手に椅子に腰掛けたままぴょんぴょんと跳ねている。危ないからと制止するカオルの言うことなどもちろん聞かない。それどころかジャンプに合わせて歌をうたい、ペットボトルを振り回し、あまつさえそれを床に落とした。もちろん拾うのはカオルである。這《は》いつくばるようにして手を伸ばすカオルの背中に先輩がさらに追い打ちをかける。

「そうだ、お菓子あったっしょ。さっき××で買ったお菓子。あれ食べようか」

「いいかげんにしなさいっ！」

カオルが初めて大きな声を出した。思わず黙る先輩。車内に初めてといっていい静寂が訪れる。それまで固唾《かたず》を呑《の》んで見守っていた乗客たちも驚きつつ安堵《あんど》するのがわかった。誰もがホッとしたのだろう。明らかに空気が変わる。だが、私は密《ひそ》かに案じていた。皆二人の本当の関係を知らないのだ。これは親の叱責《しっせき》ではなく、後輩の謀反《むほん》である。二十年来（おそらく）の力関係が決定的に変わってしまった瞬間なのだ。先輩がこれを唯々諾々《いいだくだく》と受け入れるとは到底思えない。

しかし、意外なことに先輩は無言だった。バスは粛々《しゅくしゅく》と進んだ。停留所をいくつか過ぎ、私の降車場所が近づいてくる。何も起こらない。先輩はカオルに屈したのか。あるいは本当はただの母と子だったのか。と、そう思った瞬間、先輩の声が響いた。

「お母さん、ここどこー？　まだ降りないの？　まあいいけど、おうち帰ったらさ、おトイレあるからさ、今は我慢しとくわ。我慢できないかもしれないけど」

がーまーんーでーきーなーいーかーもーしーれーなーいーけーどー！

車内が再び緊張感に包まれた。カオルはたちまち気弱な後輩に戻り、「やだ、ちょっと、何で、ほんとに？　だから言ったのに。ええっ！」などとおろおろし、それを聞いた先輩が「大丈夫だと思うけどねー」と余裕を見せる。

まさに先輩による捨て身の先輩風を肌で感じながら、私はバスを降りた。ことの成り行きを最後まで見届けられなかったのは残念だが、人生における大事な教訓をまた一つ得たのだ。

先輩風は常に逆風。

心したいと思う。

# 「邪神」と闘う運命を背負って

長過ぎないか、冬。そして「冬が嫌いだ」と言い過ぎなのか、私。いや、あまりにも冬が嫌なものだから、毎年毎年あちらのエッセイこちらの日記に冬への恨み言を書き散らしていたら、ついに冬好きの知人に憐《あわ》れまれてしまったのだ。

「冬の魅力がわからないなんて、まだまだお尻の青い子供の証拠ですね。ふっ」

抗議されるのならわかる。怒られたとしても、まあ仕方がない。冬嫌いを公言する者として、冬好きからの批判を受け入れる覚悟くらいはあったのだ。が、まさか敵（なのか?）に憐れまれたあげく笑われるとは。しかも丁寧語で。

もちろん、その気になれば反論はできた。「雪を見て喜ばなくなってからが大人」「それまでは子供か犬か観光客」「その観光客だって三十分も吹雪の中に放り出せば喜ばなくなるだろう」「ていうか犬ですら冬の散歩は足が冷たくて嫌々だし、

歩いているうちに毛に雪玉が大量にくっついて終《しま》いにゃ怒り出す」「いわんや人間の大人をや」という長めの持論を展開しようかとも思った。

しかし、私が些《いささ》か公平さに欠けていたのもまた事実であった。今まで冬を悪し様《あざま》に罵《ののし》るばかりで、その魅力について一度たりとも真剣に考えようとはしなかった。考えることといったら、もっぱら自分が本来生まれるべきであった温暖な地のことである。

そこは四方を高い山に囲まれた小さな村で、一年中美しい花が咲き誇っている。村人は雪の存在を知らず、寒さという言葉も知らず、そして山の向こうに別の世界が広がっていることすら知らない。世界の中心であり、同時に果てであるその村に私は生まれるのだ。穏やかな気候と優しく働き者の村人たち。幸せな暮らしは、しかし七歳の誕生日に見た不思議な夢によって突如《とつじょ》奪われることになる。天から真っ白なものが降る夢。息を呑《の》むほどに美しいそれは、手で触るとすぐに消えるほど儚《はかな》く、そのくせ村をすっぽりと覆《おお》い尽くすほど暴力的でもあった。私は奇妙な夢の景色に夢中になった。何度も絵に描き、人に話して聞かせた。やがてそれが村の長老の耳に入る。長老はたちまち顔色を失い、無言で祠《ほこら》に籠《こ》もった。それから三日、ようやく姿を現した長老は静かに言った。「キミコをここへ。ついに時が満ちた」。その頃、私は幼馴染《おさななじみ》のコーイチ相手に夢の話をしていた。もちろん私は知らなかったのだ。白い花びらのようなそれが、村の古文書に記された「邪神」の姿そのものであることを……とかいうことを書いているときりがないのでやめるが、とにかくこれまでの私は雪かきをしながらそんないらんことばかり延々考えていて、冬を好意的に受け入れる努力を怠《おこた》ってきたといえる。

ポリアンナも言った。「冬にだっていいところがあるのよね、チップマック」。まあ本当は言っていないが、しかしここは真の大人の度量を見せつける意味でも、積極的に冬のいいところを探してみたい。

【虫】冬の素晴らしさを語るうえで、虫の存在は欠かせない。欠かせないというか欠いているからこそ素晴らしいというか、夜中、トイレの壁に張り付く体長二十センチ（大きさはイメージです）の蛾《が》を見つけて腰が抜けそうになることもなければ、寝ている高齢の父親を起こして退治を頼む必要もない。頼まれた父親は決して文句を言ったりはしないが、「えー！　虫ー？　やだなー！　俺だってやだなー！　おっかないなー！　ひゃあ！」とひとしきり騒いだあげく仕留めそこなって、驚いた蛾が私の顔めがけて突進してきて阿鼻叫喚《あびきょうかん》、みたいなことが多々あるのだ。夏のことは全部好きなのに、それだけが本当につらい。ただ、どうしてそんなことになるかというと、トイレの網戸がずっと壊れたままになっているからで、ということは網戸を直せば夏でも蛾は入って来ないだろうから、これは別に冬の手柄でも何でもないのではないか。

【酒】黙っていても実によく冷える。箱買いして物置にストックしてある缶ビール、夏はそれを冷蔵庫に移し忘れたまま晩酌《ばんしゃく》時間を迎えると、世界が終わるかと思うほどの絶望に襲われるが、冬にはこれが冷蔵庫に移さなくてもキンキンに冷えている。素晴らしい。でも冷えすぎてしばしば凍っている。ムカつく。凍ったビールほど厄介《やっかい》なものはなくて、下手に開けると泡だけが次から次へと溢《あふ》れ出し、収まった頃には炭酸のすっかり抜けた苦いシャーベットだけが残っているという具合で、それを避けるために湯煎《ゆせん》して溶かして飲むが、あんたビールを湯煎ってねえ。それもこれも冬が気温調節できないのが悪いのだと思う。闇雲《やみくも》に冷え過ぎなのだ。少しは加減したらどうか。ちなみに「熱燗《あつかん》が美味しい季節じゃないですか」と、前述の冬好き知人に言われたが、私はもう長いこと日本酒を封印しているので全然関係ない。

【外寝】どうして日本酒を封印しているかというと、猛烈に酔っ払ってしまうからである。その点からいえば、冬はどれだけ酔っても外で寝ようという気にならないのがいい。寝たら確実に死ぬから。あ、でも友人のお父さんは、大昔の真夜中、酔ってタクシーに乗って運転手さんと喧嘩になったらしく、気がついたら真冬の北海道の原生林に置き去りにされていたと言っていた。あたりは真っ暗、雪は降りしきり、なぜか着ていたはずの上着はなく、「あの時は絶対死ぬと思った」そうなので、寝ようが起きようがつまり冬は死ぬのかもしれない。冬ってそういうところがほんと融通利《ゆうずうき》かない。

【ウィンタースポーツ】楽しいんだそうだ。冬好き知人も言っていた。「せっかく北海道に住んでるんだから、スキーやスノボに行けばいいじゃないですか」。嫌だよ。高校のスキー授業でようやく義務を終えて大喜びしたというのに、何で大人になってまでわざわざ行かなきゃならないのだ。そもそもウィンタースポーツとやらに、いい思い出が一つもない。よみがえるのは小学校の時、スキー授業の日に二トン（重さはイメージです）はあろうかというスキーとスキー靴を担《かつ》いで登下校しながら毎回「殺す気か」と思ったことと、スキー遠足での昼食時、手がかじかんで弁当箱をひっくり返したら、凍ったおかずがすっぽり四角く転げ落ちたことくらいで、それはまあ四角いまま弁当箱に戻して食べたけれども、だいたい屋外でお弁当っておかしくないか。おかしいだろう。冬の山なのに。やっぱり殺す気だったのか。ついでだから言うと、高校の時は体育の時間になると、卒業生が寄贈したというクロスカントリー用のスキーでグラウンドをぐるぐる走っていた。というか正確にはエッジがないから走るより主に転んでいた。印象としては非常に痛くて冷たくて恥ずかしいスポーツであり、そこに一切の楽しみを発見することは叶《かな》わなかったものの、グラウンドで雪まみれになりながら、大人になっても私は決して母校にスキーを寄贈などするまいと決意できたのはよかったと思う。今回いっこも冬のいいところが出てこなくてどうしようかと思ったが、最後に見つけられてポリアンナも喜んでいる。

【空気】「冬の空気が好きなんです。冷たく澄んでいて、とても凛《りん》としているから。確かに寒いのは寒いですけど、でも背筋がしゃんと伸びる思いがしますよね」だって！　だって！　そんな不自然な話ないよね！　賭《か》けてもいいけど、寒い時より暖かい時の方が伸びるよね！　ゴムだって何だってそうだよね！

と、最後つい取り乱してしまったが、それでも今回冬の長所をいくつも見つけ出せたことは、たいへん意義深いことだったと思う。冬嫌いが「お尻の青い子供」どころか、敵（なのか？）の持つ毛筋ほどの美点を見つけ褒《ほ》め称《たた》えることのできる、公平かつ立派な大人であることを示せたのだ。全世界に散らばる冬嫌いの仲間も安《あん》堵《ど》していることだろう。

今後はこれをふまえて、冬好きからの反撃を一切許さない完璧な「これだから冬は嫌」理論を構築していきたいと思う。彼を知り己《おのれ》を知れば百戦して殆《あや》うからず。それが「邪神」と闘う運命を背負って生まれたキミコの使命に違いないのだ。

# 予言者はバスに乗って

この冬、とある予言書がひっそりと闇に葬《ほうむ》り去られた。見守る者はなかった。誰にもその存在を知られることのないまま、未来を記した言葉は世界から永遠に姿を消した。

予言が書きとめられたのは、去年の年末のことである。書いたのは私だ。駅に向かうバスの中、たまたま乗り合わせた予言者の言葉を私が記録したのである。予言者は中年の女性だった。どこか神々《こうごう》しくきらきらとオーラのようなものを発しており、一目見て常人とは違うとわかった。というようなことはまったくなく、皆と同じようにもこもこと着ぶくれした姿でバスに揺られていた。私は予言者が予言者であると気づくことなく、彼女の前の座席に腰掛け、そして予言の一部始終を耳にすることになったのだ。

予言者は最初、パート先の同僚と思《おぼ》しき女性と、主に職場の人間関係について語り合っていた。誰々と誰々の仲が険悪でやりにくくてしょうがないとか、誰々の作るシフトは誰々にばかり甘いとかいうようなことである。

「そういえば年末年始も誰々さんだけやけにあっさり連休とりましたよね」

と同僚が言い、

「そうそう。でも彼女、もうすぐ辞めると思うんだよね」

と予言者が答えた。

「え？　そうなんですか？」

「たぶんね。あのさ、これはここだけの話だけど」

「はい」

「私、未来というか先のことがわかる時があるんだよね……」

「ええっ？」

同僚と私、同時に声が出ていたのではないかと思う。まったく知らない人と心が一つになった気が確実にして猛烈に後ろを振り返りたくなったが、ぐっと堪《こら》える。私のとなりで音漏れするほど激しく音楽を聴いている青年を「お前は今、人生にとってとても大切なことを聞き逃している！　そんなものより後ろの話を聞け！」と怒鳴りつけてイヤホンを引きちぎりたくなったが、その衝動にも耐えた。

「こないだの例の件さ」

「ああ、はい」

「あれも誰々さんだって、私、見えてたんだよね。言わなかったけど」

「見えてましたか！」

同僚の声と私の心の声が、再び完璧に重なった。こないだの例の件とやらが何か私にはわからないが、そんなことは問題ではないのである。

予言者が実在した。

その事実に私は感動していた。ずっと予言者の出現を待ち望んでいたのである。あちこちで書き倒しているように私の夢は独裁者になることだが、独裁者の傍《かたわ》らには予言者もしくは占い師がいて然《しか》るべきだと考えているからだ。その予言者もしくは占い師に傾倒《けいとう》し、金を貢《みつ》ぎ、国をめちゃくちゃにして、最後、怒りに震えた国民にぼこぼこにされるところまでが独裁者の一生であろう。本心を言えば、痛いのは嫌いなのでぼこぼこは勘弁してほしいところだが、国民にも思うところはあるだろうから仕方がない。

とにかく私は予言者を待っていた。広い世界のどこかにきっといるだろう、いや絶対にいるはずだと信じてきた。その予言者との邂逅《かいこう》が今日、実現したのだ。まさか同じ市内の同じバス路線沿いで暮らしていたとは。予言者も私と同じように「冬のバスってほんっっと当てになんねーよな！」と悪態をつきながら日々を送っていたとは。って、いや、そこは予言者だからバスの遅れくらいわかるのかもしれないが、いずれにせよ長年の願いが叶《かな》ったのである。

知りたいことは山ほどあった。未来が見えるようになったのはいつ頃からか、一体どんな形で「見える」のか、そこには自らの「見よう」という意志は介在しているのか、的中率はどれくらいか、今まで見た中で一番大きな出来事は何か、来年は大事故や大事件は起きるのか、独裁者とともに滅ぶ気はあるか。

できれば直接尋ねてみたいが、もちろんそんなことは不可能である。「一緒に独裁政権を築いてみませんか」という殺し文句は、むしろ私が殺されそうなくらい怪しい。私はすべてを同僚に委《ゆだ》ねることにした。ついさっき、一瞬にして心が一つになったと感じた同僚である。彼女ならきっと私の知りたいことを聞き出してくれるはず。そう信じてそっと携帯電話を開く。彼女が聞き出す予言者の言葉を逐一《ちくいち》メモ帳に打ち込むためである。

だが、予言者の言葉は迷走していた。

初めての予知を語ったかと思えば、最寄《もよ》りスーパーの鮮魚コーナーについて不満を言い、なんとか災害予知の話題までこぎつけたかと思った次の瞬間には、パートの人間関係の悩みを吐露《とろ》する。無理もない。いくら同僚とはいえ、世間話の中から予言を導き出すのは至難《しなん》の業《わざ》なのだ。ただ、その一見無関係な話題の中にもやはり予言の切れ端のような言葉はあって、ならばと私は主観を捨ててすべての言葉を拾うことにした。取捨選択《しゅしゃせんたく》は後でいい。後で精査し、石と玉を分け、完全な予言書を作成すればいいのだ。大事業である。となりの青年は相変わらず音楽を聴いている。後ろの席でどんな大変なことが起きているか気づきもしないその姿に、これは私だけに許された行為なのだと選民としての気持ちが否《いや》が応《おう》にも燃え上がった。

私は打った。予言者の言葉を打った。多少の変換ミスも気にせず打ちに打った。妙な高揚感が私を包み、それはバスを降りるまで続いた。その足で忘年会へ向かう。

忘年会では予言者のことは伏せておいた。自分ひとりの胸に秘めておきたかったのもあるし、開始から一時間経っても料理どころかお通しすら出てこないという斬新《ざんしん》な状況に、それどころではなかったというのもある。ビールだけで一時間。「何で？　何でなの？」とおろおろしているうちに酔いが回り、そしていつしか私は予言書のことを忘れてしまっていた。酒と料理に気をとられて、きれいさっぱり記憶から消えてしまったのである。自分でも本当に信じられない。

こうして予言書は、誰に思い出されることもなく、携帯電話の奥深くに眠り、やがて静かに最期の日を迎えた。携帯を湯船に落として全データを消失させたのである。本来ならそれで終わりのはずだった。だが、奇跡はその後、ストーブ前でうつらうつらしていた深夜に起きた。「ちゃんと寝るには一度起きなければならない」といううたた寝の不条理について「今寝ていて最終的にも寝るのに、間に『起きる』を挟むってアホか！」と憤《いきどお》っている最中、ふいにあの日の予言者の言葉が甦《よみがえ》ったのである。床暖《ゆかだん》の上で寝てしまったという同僚に予言者が放った一言だった。「明日あたり熱出るよ。うたた寝は気持ちよければいいほど風邪ひくから」

それが予言だったのか、おばあさんの知恵袋的な何かだったのかはわからない。しかし、その一言をきっかけに、予言書の存在と彼女が語った言葉のいくつかがはっきりと思い出されたのは事実。それが以下の言葉である。

・死ぬ人は影が薄くなる。曾祖父《そうそふ》が死ぬ時は二週間くらい前から影が薄かった。影というのは地面にできる本当の影である。カラスも鳴く。

・二〇一五年、札幌に大地震は起こらない。
・でも『徹子の部屋』が終わる。
・パート先の例の件は誰々さんが辞めたから解決する。
・某スーパーで半額の魚に貼られた「お早めにお召し上がりください」シールの「お早め」は今すぐレジ横で焼いて食え、というくらいの意味で本気で活《い》きが悪い。
・うたた寝は気持ちいいほど風邪をひく。
・人は痩《や》せると性格が悪くなる。
・自分の未来は見えない。
・甥《おい》が高校受験を失敗するのは見えていた。
・姉にそう告げたら激怒されて縁を切られかけた。

こうしてみると、本当に趣《おもむき》深い言葉の数々だった。できることならもう一度予言者に会いたいと思う。会って今度こそは予言の書を完成させたい。そしていずれは二人で独裁王国を築くのだ。独裁者になった我々は、「寝るのに一度起きなければならない」うたた寝システムの改善にまず着手するだろう。

# 三つの奇跡の話をしよう

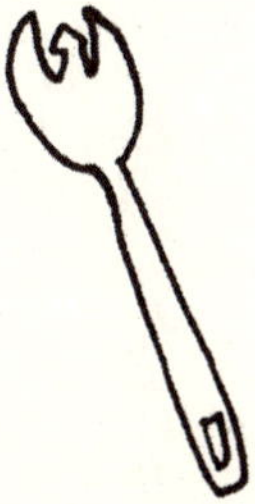

奇跡みたいな恋がしたいのだそうだ。

札幌駅地下の魔窟《まくつ》（百回行っても百回迷う）でいつものように狐に化かされ、地下鉄の改札口に辿《たど》り着けずに延々さまよっている時に、すれ違った女子中学生がそう言っていた。中学生は三人連れで、そのうちのゴムボールみたいなまんまるな顔をした子が、にこにこと笑いながら突如言い放ったのである。

「なんかさー。奇跡みたいな恋がしたいよねー」

「よねー！」

と、思わず駆け寄って同意したくなるようなおおらかな宣言であった。いや、実際には今更どんな恋もしたくはないのだが、それでも見ず知らずの彼女の手を取り、「わかる！　その気持ちわかるわー！　そう思う時ってあるよねー！　ところで地下鉄南北線ってどっち?」と声をかけたくなる真《ま》っ直《す》ぐさで、いやほんとどっちなんだ南北線。

その地下鉄改札口を求めて魔窟を歩きながら、私は改めて彼女の言葉を思い返す。

奇跡みたいな恋。

初々《ういうい》しくて眩《まぶ》しくて、そして少しばかり胸が切なくなる。奇跡とは、それさえあれば人生のすべてを幸福に導く魔法の杖《つえ》だと、彼女は信じているのだろう。その昔、彼女と同じ年頃の私がそうだったように。

三つの奇跡の話をしよう。かつて私たち昭和の少女が折に触れ目にし、記憶に刷り込まれた奇跡の話だ。

曲がり角の奇跡。

再会の奇跡。

不良の奇跡。

私たちはそれら三つの奇跡と、少女漫画の中で繰り返し出会った。どの奇跡にも当たり前だが必ず運命の人が登場し、そして最後は恋に落ちた。

曲がり角の奇跡では二人は初対面だ。寝坊して食パンをくわえながら学校へ駆け出した主人公が、全速力で通学路のコーナーを攻めた拍子に、角の向こうにいた運命の転校生と衝突する。手には学生鞄、トーストをくわえ、さらには「遅刻！　遅刻！」と独り言。今喋ったらあんた絶対パン落ちるだろうよどうなってんの、という読者の心配をよそに、アクロバティックないっこく堂のような体で角を曲がり、運命の相手に必死に体当たりしていく主人公を、私たちは何度見送ったかわからない。「きゃ！」「いてっ！」と叫びながら出会う彼ら。一目惚《ひとめぼ》れの時もあれば、「んもう！　最悪！」な第一印象の時もある。しかし、いずれにせよやがて二人は恋をする。それは生まれる前から決まっていたことなのだ。

一方、再会の奇跡では二人は顔見知りである。顔見知りといっても、ずっと昔に越していった幼馴染《おさななじみ》だったり、旅先で一度だけ会った笑顔の印象的な少年だったり、毎朝同じ通学電車に乗る他校の生徒だったりと、その度合いはまちまちだ。そんな二人が意外な場所で邂逅《かいこう》を果たす。雨に濡《ぬ》れた子犬をそっと抱き上げる横顔に、「あれ？　あの人もしかしたら？」と呟《つぶや》いた瞬間、運命の歯車がゆっくりと動き出す。誰もが予想だにしなかった恋のはじまりである。

それに比べて不良の奇跡の、意外性は若干アクティブだ。いつもはふざけてばかりいる子供っぽい同級生、あるいはどことなく近寄りがたくて声をかけられなかった先輩が、街で不良に絡まれ怯《おび》える主人公の前に颯爽《さっそう》と現れる。「やめろよ」勇気を振り絞る彼。「え……どうして××君が?」と驚き涙ぐむ彼女。その瞬間、二人は強く惹《ひ》かれ合う。不良たちとのいざこざなどもうどうでもいい。その場から逃げ出そうが、返り討ちにあってボコボコにされようが、辿り着く運命の恋の姿には何の変わりもないのだ。

あの頃、そんな三つの奇跡を私はどんな気持ちで見ていたのだったか。胸を焦《こ》がして憧れていたのか、凡庸《ぼんよう》だけれど手の届かない夢物語だと思っていたのか。友達のKちゃんは「こういうのは北海道では無理だと思う。だいいち道が広くて見晴らしいいから、そうそう人にぶつからないし」と、少女とは思えぬ見識の高さを披露して同級生の度肝《どぎも》を抜いていたが、私もそれに同調したのだったか。どちらにしても遠い出来事だったのは確かだ。奇跡とは、自分とは無関係な場所で自分とは性格も容姿も違う特別な人にだけ起こり得る、遠い出来事。そう頑《かたく》なに信じていた。だからこそ私は気づかなかったのだ。その奇跡が既に我が身に起きていたことを。既に起きていたが、とりたてて何をどうするでもなく素通りしていたことを。

中学一年の春だった。

その日、給食当番（懐かしい）だった私は、クラスの配膳カートの中にスプーンが入っていないことに気がついた。犬食いを助長するといって悪名高かった先割れスプーン（懐かしい）であったが、いくら評判が悪くてもそれがなくてはお昼を食べられない。私は給食当番としての使命感に燃え、給食室に向かった。給食室は一階である。教室は三階であった。今なら体力的にとてもそんなことはできないが、階段を二階分一気に駆け下り「あら、ごめんねえ！」とにこやかに謝る給食のおばさんからスプーンの束を受け取ると、再び階段を駆け上る。その途中の踊り場で、私は一人の上級生とぶつかったのだ。

「きゃ！」

「いてっ！」

がっしゃーん！

最後のがっしゃーんは、衝突の拍子に手から滑り落ちたスプーンが床にばら撒《ま》かれた音であるが、学校中に響くようなその大音響より私を震え上がらせたのは、頭上から降ってきた見事な舌打ちであった。「チッ」。中学生レベルでは到底出せないであろうと思われる年季の入ったその音に恐る恐る顔を上げると、そこにいるのはもう絵に描いたような昭和の女どヤンキー。髪は茶色で眉毛《まゆげ》は細く、口元はシンナー臭を隠すためと噂のガーゼマスク、ブラウスの襟元《えりもと》ははだけ、スカートの裾《すそ》に至ってはほとんど床についている。しかも同じようないでたちの上級生が、後ろにまだ三人くらい控えているのが見えた。

「ご、ごめんなさい」

慌てて謝るも、相手は「ああーん？」などと言って片眉を上げ、私の顔を覗《のぞ》きこんでくる。完全に死んだ、とついこの間まで小学生だった私は思った。いや、正確には死んじゃいないが、今から死ぬのだと思った。「ああーん？」ってあんた、子供がどうこうできるレベルの脅《おど》しじゃない。ふいに、お腹を空《す》かせて私とスプーンの帰りを待っているクラスメートの顔が浮かぶ。みんなごめん、私はここで先割れスプーンとともに志半ばにして倒れる運命……と覚悟を決めたその時、ヤンキー軍団後方から思わぬ声が聞こえた。

「やめなって」

「え？」

思わず聞き返したのは私だったか凄《すご》んでいた上級生だったか。見るとひときわ派手なヤンキー先輩が、目で仲間を制しながら近づいてくる。その姿は端的《たんてき》にいうと姉御《あねご》。髪の色から制服の崩し方までとても中学生とは思えない貫禄で、っていうか皆さん全員中学生とは思えない貫禄ですが、なかでも格が違う貫禄でもって、あたりを威圧する。「拾ってあげな」。彼女が言葉を発した途端、競うように床に屈《かが》みこむ仲間というより手下たち。命令に逆らうものは誰もいない。いないが、これは一体何なのか。わけもわからず立ち尽くす私を見て、姉御はにやりと笑った。笑顔にどこか見覚えがある。

「あ、あれ？　もしかして？」

「うん」

「ちーちゃん？」

「そう」

もうおわかりとは思うが、それは六年前に引っ越していったきり一度も会っていない幼馴染……いや、ほんとほんと、本当に幼馴染で、一つ年上の彼女に幼い日の私はずいぶん遊んでもらったものだった。その後、私の家は二度、彼女の家も何度か引っ越し、お互い思い出すこともなくなった頃に、中学校でまさかの再会を果たしたのである。

「すぐわかったよ、全然変わってなかったから」

「ちーちゃんはもんのすごく変わったね」

言おうとして言えなかった。

言葉が何も出てこなかったのだ。そんな私を見てちーちゃんはまた笑った。「学校で誰かに何かされたら、すぐあたしに言いな」。手下に拾わせた先割れスプーンを手渡してくれながら、ちーちゃんは言う。何かってなんだろう。上級生に囲まれて「はい、ちょっと跳んでみて。ほらポケットの中で小銭が『ここだよ、ここだよ』って返事してるじゃないの」とかだろうか。私がやっぱり黙っていると、「スプーン、自分で洗わないで給食室で取り替えてもらった方がいいよ」と、そこだけ妙に中学生っぽいアドバイスを残してちーちゃんは去っていったのである。


三つの奇跡が一度に我が身に起こった日、でも私はそれが奇跡だとは気づかなかった。幼すぎたせいか、相手が同性だったからか、ただぼんやりしていただけか。これが今なら、たとえ運命の相手がちーちゃんではなくとも、そこからアラブの石油王に繋《つな》がる細い線があるに違いないと全力でたぐるところだが、当時は「ちーちゃん、スカートなげー。髪ぱっさぱさー。あとこえー」としか思わなかったのである。

こうして私は三つの奇跡を棒に振った。地下街で奇跡の恋を求めていた女の子に言いたい。

奇跡が起きても気づかなければただの思い出。

そういう人間が人生でも地下街でもいつまで経っても迷っているのだ。南北線、ほんとどっちだ。

# 悪女の秘密

気がついた時には、収拾《しゅうしゅう》がつかなくなっていた。

皆が皆、口々に好きなことを言いはじめていた。ある者は「周囲へ聞かせるための電話」だと言い、ある者は「女友達への見栄」だと言い、またある者は「自慢」だと言った。なかには「あの娘《こ》とマリコは同一人物」だと言う者まであった。中島みゆきの『悪女』の冒頭部分についての話である。

いや、ご存知だろうか『悪女』。原稿を書くにあたり、「若い人は知らないですよね」と担当編集者のY氏に不安をぶつけたら、「大丈夫ですよ、キミコさんのエッセイは若い人は読んでないですから（大意）」と言われたので、とりあえず安心は安心だが、今から三十四年前（暗算して驚いて、いくらなんでもそれはないだろうと電卓持ちだして、検算もしたんですけど、本当に三十四年前でした。三十四年っ

てあんた〈そして現在は、三十五年前になっていて、ちょっと〉にヒットした中島みゆきの楽曲である。

その曲について、先日Y氏がツイッターでちょっとした疑問を呟《つぶや》いたのである。ほんとうに何気ない呟きであったが、それが事の発端《ほったん》となった。

「なぜ『マリコの部屋へ電話をかけ』ることが、『男と遊んでる芝居を続けてきた』ことになるんだ？」

『悪女』の出だしが、そういう歌詞なのである。

**マリコの部屋へ　電話をかけて**
**男と遊んでる芝居　続けてきたけれど**

語り手というか主人公というか、その女性が「マリコ」の部屋へ電話をかけて、わざわざ男と遊んでいるふりをする。どうしてそういう七面倒臭いことをするかというと、彼女には恋人がいるのだが、最近その彼に好きな「あの娘」ができたからだ。それに気付いた彼女は身を引く覚悟をする。しかしそこは切ない女心、自分からはどうしても別れを口にできない。そこで、女友達である「マリコ」のところへ夜な夜な電話をかけることで、あたかも自分も浮気をしている「悪女」のように見せかけ、男の方から別れを切りださせようとしているのである。

悲しいが簡単なことじゃないか、と思っていた。Y氏は、

「だからどうしてマリコへの電話を男が相手だと思わせられるんですか。ねーマリコー、電話かけるから男のふりやってよーってことですか。『もしもしマリオ？私だけど』とか言っているのでしょうか」

などといつまでもわけのわからんことを言っていたが、そんなものは事情を察した女の友情で、マリコも暗黙の了解のうちにつきあってくれているに決まっている。現に、

**あのこもわりと　忙しいようで**
**そうそうつきあわせても　いられない**

と本人が言っているではないか。「つきあわせて」いる自覚があるのである。二人が具体的にどんな話をしているかまではわからないが、メールもラインもなかった時代、女なんていくらでも長電話ができた。その気になれば、浮気を装《よそお》うことも

可能だったろう。男同士の木で鼻をくくったような要件電話とは、見えている世界が違うのである。ああ、なぜそれがわからぬのか。男ってほんとうに野暮《やぼ》。

……とY氏の野暮を男性全体に拡大させて嘆かわしく思っていたのだが、しかしどうやら事はそう単純ではないようだった。驚いたことにほかの人々から、それとは異なる解釈が続々と寄せられはじめたのである。

「マリコに電話をかけるのは、周囲に男と話しているのを見せるため」

「どこからかけているかというと公衆電話。だから話の内容まではわからなくていい」

「いやいや、男と遊んでるふりをして見せる対象はマリコでしょう。彼氏が横にいる的な小芝居を友達相手にしているのだ」

「そう、女友達に『今、男と一緒なんだー』と見栄を張って自慢している」

「マリコ＝あの娘だよ。マリコと彼の仲を知った『私』が、悪女を気取って二人の気持ちの負担を軽くしてあげようとしているの」

「マリコは彼と自分の共通の友人だと思う。マリコに『今夜は彼以外の男とお楽しみなんだ！』と見せることで、ほかに男がいると彼に伝えようとしているのだ」

うむ、こうして書き出してみても、なにがなにやらわからない。当然議論は紛《ふん》糾《きゅう》し、夜は更《ふ》け、そして結論の出ないまま呟きは流れていってしまった。そしてぽつりと胸に残る疑問。

で、ほんとのところはどうなのよ。

そこで本日、一度初心に帰り、三十四歳以下の人を遠くに置き去りにしたまま、彼らの関係について整理し直したいと思う。

まず肝心の「マリコ」についてであるが、その存在は一旦忘れることを提案したい。いきなり何を言っているのだと憤《いきどお》るむきもあろう。彼女あっての『悪女』だという主張も理解できる。もちろん私自身、彼女が重要人物であることを認めるにやぶさかではない。しかし同時に彼女の存在が、事態を著《いちじる》しい混乱に導いていることもまた事実なのだ。

「マリコなき世界」を見渡してほしい。そこは、驚くほどシンプルである。

前述したように、「私」がいて、私と恋人関係にある「あなた」がいて、でもあなたは心変わりをしてしまって「あなたの隠すあの娘」と既にいい雰囲気になっている。隠すということは後ろめたい気持ちがあるわけだから、私とあなたとの関係は私のこじれた妄想《もうそう》片想いなどではなく、二人の共通認識としての恋人同士である

 こともわかる。

絵に描いたような三角関係。しかも完全なる負け戦《いくさ》。切ないといえば切ないが、単純といえばこれほど単純な話もない。

**土曜でなけりゃ　映画も早い**
**ホテルのロビーも　いつまで居られるわけもない**

残念ながら状況は絶望的で、今夜に至っては行くあてもなく街をさまよう羽目に陥《おちい》っている。なぜなら、

**帰れるあての　あなたの部屋も**
**受話器をはずしたままね　話し中**

完全に、あの娘が「あなたの部屋」を訪ねているからである。そればかりか電話で邪魔が入らぬよう受話器まで外されている。もう中島みゆきに歌にしてもらうしかないくらいの恋愛末期のドロドロで、結局、彼女は自分も男と一夜を過ごしたふ

りをするため、「深夜のサ店」で「女のつけぬコロン」をつけ、「裸足で夜明けの電車で泣いてから」、あなたの部屋へ向かうのである。

ほんと色恋って面倒くせえ。ていうか、靴どうした。

まあ、靴に関しては、一晩中外にいて足が浮腫《むく》んで脱いじゃったとして、それよりわからないのは、彼女の現住所だ。帰れるあてが自分の部屋ではなく「あなたの部屋」なのはなぜか、という問題がこのシンプルな世界にも実はある。

家に帰ったらどうか、と私などは思う。自宅に帰ってテレビ観て寝ちゃえばいいじゃんと。だが彼女はそうしない。一晩中ただ街をうろついて最後は裸足だ。あんた、いくら若くて体力あるとはいえ、それは翌日に響くだろう。

同棲《どうせい》はしていないはずだ。帰るのはあくまで「あなたの部屋」であって、「二人の部屋」ではないのである。自分の部屋には帰らず、かといって相手の部屋に押しかけるでもない。彼女の振る舞いは、同棲相手というよりむしろ居候《いそうろう》に近い。いや、実際、居候なのではないか。おそらく彼女は彼の部屋へ転がり込んだばかりなのだ。

そう、今まで二人は遠距離恋愛をしていたのである。それなりにうまくいってはいたのだが、最近になってどうも彼の様子がおかしい。電話にでないことが多くな

ったし、なかなか会いにも来てくれない。しつこく問い詰めると、

「おまえもさ、俺ばっかり見てないで少しは人間関係を広げてみれば？」

などと言うようになった。以前はちょくちょく話題にのぼった結婚の話も、わざと避けているように思える。さまざまな悪い想像が彼女の胸をよぎる。さまざまな、とはいっても、要は「よそに女ができた」という一点に収斂《しゅうれん》されるわけだが、寝ても覚めてもそのことが頭から離れない。当然、仕事もミスが続く。そんなある日のこと、飼っていた猫が突然死んでしまうのだ。彼がまだこの街で暮らしていた頃、二人で拾ってきた猫だった。彼が仕事で街を離れる時、「こいつを俺だと思ってかわいがってくれよ」と笑いながら言った猫。彼女の中で何かがプツリと音をたてて切れた。

「あの人のところへ行こう」

季節は秋。頭上には、おそろしいくらいの青空が広がっていた。その日、仕事を辞め、アパートを引き払い、バッグ一つで現れた彼女を、彼は戸惑いながらも受け入れてくれたのである。そりゃあ受け入れるしかないではないか。電話ですらはっきりと別れを告げられない優柔不断な男が、目の前の恋人を追い返せるわけがないのだ。

そう考えると、あらゆることに合点《がてん》がゆく。

土曜でない夜に一晩中街をふらついていられるのは、無職で翌日の心配をしなくていいからだし、夜には戻れない「あなたの部屋」に始発でなら帰れるのは、彼にあの娘を泊めるほどの度胸はないことを知っているからだし、映画やホテルのロビーでしか時間がつぶせないのは、見知らぬ街に越してきたばかりだからだ。

この恋が終わりを迎えているのは、とうに気づいていた。別れなければ別れなければと思いながら、決心がつかずに今日まで来てしまったのだ。けれどもこの夜、ついに彼女は心を決めたように見える。

**夜明けを待って　一番電車**
**凍えて帰れば　わざと捨てゼリフ**

せっかく帰った部屋で「捨てゼリフ」吐いてどうするんだ、また出て行くつもりなのかと思うが、おそらくそうなのであろう。もう一度部屋を出て行かねばならないほど取り返しのつかないことを、彼女は言おうと決めたのだ。彼から別れを告げさせるために。

成功するかどうかはわからない。が、遠距離恋愛の末、もうどうにもならなくなった恋を手放す夜を歌ったものだと考えると、この歌は非常にしっくりくる。ドロドロした内容とは相反して、実によくまとまった話であるのだ。マリコさえ出てこなければ。

そう、ほんとどうして現れた、マリコ。マリコもう要《い》らないんじゃないか、これ。

と個人的には強く思うが、登場してしまったからには仕方がない。マリコについても考えてみるが、結論からいえば実在の人物ではないだろうと私は思う。

そもそもマリコ問題のややこしさは、「私」がいつどこからマリコに電話をかけて、誰に「男と遊んでる芝居」をしているかが曖昧《あいまい》なところにある。彼のいる彼の部屋からなのか、街をさまよいながら公衆電話からなのか。そこが明記されていないため「マリコ＝あの娘」説や「マリコにモテ自慢」説など、さまざまな解釈が生まれるのである。

だが、我々は今一度、平《たい》らかな気持ちでこの世界を見つめ直す必要がある。明記しないのではなく、明記できない可能性について考えるべきなのだ。

マリコは不思議な存在だ。親しいようでいながら、実際に会っている様子はない。いつも電話だけ。当初、私は彼女が離れたところに住む友人ではないかと思った。以前住んでいた街に住む親友。だが、昭和のこの時代、市外電話の通話料はバカにならなかったのである。無職で居候でなおかつ悪女になってまで身を引こうと考えるような健気《けなげ》な女が、自分のお金ではもちろん、他人の家からも長距離電話をそうそうかけられるとは思えない。

おそらく「私」は我々が考えている以上に早くから、この恋を諦めていたのだろう。そうして二重三重の用意周到さでもって「悪女」になるための布石《ふせき》を打っていたに違いない。どこにも存在しない「マリコ」は、その中のもっとも大きく悲しい石だったのである。

と、全然そんなつもりはなかったのに、予想以上の熱心さで『悪女』を語ってしまってどうしたらいいのか。一体誰のせいなのか。責任者出てこーい！ と三十五歳どころかもっと年上の人をもごっそり置き去りにして、北大路人生幸朗《じんせいこうろ》は帰るのだった。

※本文の歌詞は、中島みゆき作詞・作曲の『悪女』（一九八一年）より

# 国中の魔女からの呪い

その夜、父は厳《おごそ》かな口調で我々に向かって宣言した。

「俺が直す」と。

夕飯時だった。父と母と私という、ある意味現代日本を象徴するような高齢家族の食卓では、天気がいいの悪いの日ハムが強いの弱いのこの間生まれたはずの近所の赤ん坊がもう幼稚園に通っていて時の流れがおかし過ぎるから我々も本当は百二十歳くらいになっているんじゃないかだの、他愛のない会話が何の脈絡もなく交わされるだけである。

その日もまた同じだった。これといった盛り上がりもない世間話と代わり映《ば》えのしない相槌《あいづち》。いつもと違うのは、食事の終わり際、なにげなく口にした私の言葉になぜか父が反応したことだけである。父は言った。

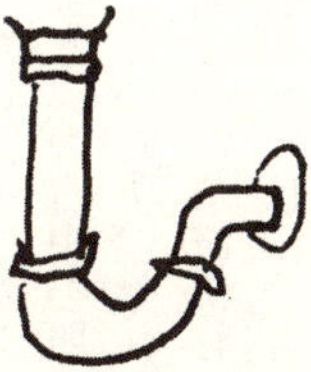

「俺が直す」

洗面台の排水管の詰まりの話である。

洗面台の水はけが悪くなったと最初に気づいたのはいつだったろう。二週間前かひと月前か、あるいは半年前か。記憶が曖昧《あいまい》なのは、それがさほど大きな変化ではなかったからだ。洗面や歯磨きはいつもどおりにできる。水が逆流してくるわけではなく、溜《た》まるわけでもない。ただ少しだけ排水のスピードが鈍くなった気がしていた。パイプ詰まりというよりは、「パイプ……詰まり?」と疑問形で表現したいような微妙な事態である。気のせいだと思えば思えないこともなかった。実際、二週間かひと月か、あるいは半年間か、そうやって見て見ぬふりをして暮らしてきたのだ。

しかし、一度芽生《めば》えた違和感はそう簡単には拭《ぬぐ》えない。顔を洗うたび、小さなストレスがいつしか澱《おり》のように溜まっていった。何度か懐中電灯で排水口から中を照らし、そのうちの一度は引っ掛かっていたビニール片を取り出すことに成功、それでも事態に改善が見られなかった苛立《いらだ》ちもあったかもしれない。私はついに口にしてしまったのだ。我が家の洗面台の水はけが悪くなっていることを。既に私にできることはやってしまっていることを。水漏れの可能性や自分のスキルを考えると、これ以上手を出すのは危険であるということを。

父が立ち上がった。

結論から先に言えば、ずっと座っていた方がよかったんじゃないか、と後に思うことになるわけだが、それでも立ち上がった。俺が直す、と堂々宣言したのである。

「前にもあそこのあれ、外して直したことあるから」

父は言った。どうやら以前にも排水管を外して詰まりを修理したことがあるらしい。その「前」を私は覚えていない。忘れているのかもしれないし、離れて暮らしていた時期だったのかもしれない。いずれにせよ私が覚えているのは、父の手先がまったく器用ではないという事実だけである。

驚くほど不器用。

それが衆目《しゅうもく》……というのが言い過ぎであれば、家庭内での一致する父の手先に関する評価である。「棚ひとつ取り付けられない人だ」と昔から母がよく嘆いていた。不安が胸をよぎったのは確かだ。だが、既に父は立ち上がってしまっていた。

「大丈夫？」

そう尋ねた私に、

「大丈夫だよ！　なにさ！　あんたお父さんのこと馬鹿にしてるのかい。ひっどいねーー！　むきーー！」

と言いながら立ち上がったのである。

作業が開始されたのは翌日の午前九時頃だった。私はそれを洗面所から聞こえる水音で知った。まずは蛇口《じゃぐち》を勢いよく開いて、水の流れを確認している。手伝おうかな、と一瞬思い、そしてすぐに打ち消した。私は私で仕事があり、そもそも私が何かの役に立つとは到底考えにくい。私は父以上に不器用な手先しか持っておらず、それに排水管は棚ではなく車かもしれないではないか。って何の話かというと、父は大工仕事は苦手だが、車に関してはまあ人並みというか人並みよりちょっと上で、もし排水管が棚側寄りではなく車寄りであったら、父の「大丈夫」も信頼できるだろうということである。自分でも何を言っているのか若干《じゃっかん》わからない。

だが、残念ながら排水管は棚であったようだった。最初の異変は、作業開始から四十分ほど後に起きた。それまで絶え間なく聞こえてきた洗面所からの物音がぴたりと止《や》んだのである。家中に触れ回る「直ったよー」の声がないことから、修理が終了したわけでないことは想像できた。

　正直、あまり関わりあいになりたくなかった。かといって、放っておくわけにもいかない。恐る恐る洗面所を覗《のぞ》くと、さほど広くない床に父はどっしりと腰を下ろし、頭を洗面台の下の物入れに、蜂蜜《はちみつ》を探すプーさんのように突っ込んでいる。

「大丈夫？」

　声をかけると、顔をこちらに向けて言った。

「……カラのやつ捨てていいか？」

「えっ？」

「カラのやつ……」

「カラのやつ？　カラのやつって何？」

「……」

　答えることなく、そのまま再び頭を洗面台に突っ込んでしまう。もう一度声をかけるかどうか迷ったが、プーさん的佇《たたず》まいから滲《にじ》み出ている、非常に不吉なオーラのようなものに圧倒され、黙って部屋に戻った。

　が、戻った後も、同じようなことが続いた。物音が激しくなったり、急に静かになったりした。金槌《かなづち》で何かをドンドンと叩く音もした。排水管を取り外したりもう一度取り付けたりするのに、そのような大掛かりな音が発生するものなのかどうか、はっきりとした判断基準を私は持っていない。持ってはいないが、何か違うような気はした。

胸の不安は時とともに確実に広がっていく。その不安がピークに達したのは「穴」という言葉を耳にした時である。

「穴を開けなきゃなんないからさ」

たまらず様子を見にいった私に父は言った。

「穴？　穴ってどこに？　ていうか何の穴？」

「だからさ、ホースが右にあったのがね、手がね、俺の手がこう奥に入らないから左にね、無理でしょ？　それで穴さ」

だから、も、それで、も何一つ理解の助けとならない不思議な呪文のような説明を受ける。さっきから父の言っていることが、さっぱりわからない。見ると洗面所の床は水浸《みずびた》しで、座り込んでいた父の下半身はびしょ濡《ぬ》れだ。問い詰めたくなる衝動をこらえ、私は密《ひそ》かに洗面台が使えなくなる覚悟をした。

鍵のことを思い出す。いつだったか、掛かりの悪くなった玄関の引き戸の錠前を調整しようとして、数分でバラバラに壊してしまった時のことだ。私がやった。なんとかしようとすればするほど悪化していく状況に、焦《あせ》り、うろたえた気持ちがありありと甦《よみがえ》る。あの日は午後中かけて錠前を復元しようとしたが駄目で、日が暮れてから新しい鍵を買いに行った。けれども私一人に取り付けられるわけがなく、しかし人を頼むには時間が遅く、結局、鍵の壊れたまま一晩を過ごしたのだ。家族を「就寝中に家に入り込んだ殺人鬼による一家惨殺《ざんさつ》」の危険にさらしたあの時に比べれば、洗面台が数日使えないことくらいどうということはない。なにしろ私には今の父の気持ちが痛いほどわかる。よかれと思って手を付けて、結局、壊す。そういう血が我々親子には流れているのだ。

私の気持ちを知ってか知らずか、父は無事に「穴」を開けたようだった。いや、それが無事といっていいのかどうかはあれだが、とにかく「穴」を開け、ふだん配管などまじまじと見ることのない者の目にも明らかに当初とは異なるとわかる形でパイプを繋《つな》げた。

「直ったよー」

お触れが出た時には、正午を回っていたと思う。

「水漏れはしてないの？」

もっとも気になることを尋ねる。

「雑巾《ぞうきん》置いたから」

これはどういうことだろう。漏れてはいるが、雑巾を置いたから大丈夫、ということだろうか。

「何か中に詰まってた？」

「詰まって……え？　いや、あれ？」

すべての質問において予想とは違った種類の答えが返ってくる。嫌な予感がした。まさかとは思うが、もしかするとパイプをきちんと確かめなかったのだろうか。詰まりを直すことから配管を繋げることに、いつのまにか任務がスライドしたのだろうか。

「でもほら、水はちゃんと流れるようになったから」

気を取り直したように父は言った。「いいか、見てれ」

思い切り蛇口をひねる。水が勢いよく洗面台にほとばしり、そして詰まった。

父が奮闘している三時間の間、私の脳裏《のうり》に浮かんでは消える風景があった。遠い昔、世界のどこかにあった小さな王国だ。美しい国である。そしてその美しい国には、美しい国にふさわしい美しい宮殿がそびえ立っていた。

宮殿を建築したのは一人の男である。神の腕を持つといわれた男。男に不可能はなかった。世界を見下ろすような高い塔も、目には見えないほどの細かな細工も、自由自在に作ってみせた。王は男を讃《たた》え重用《ちょうよう》したが、ただ一つ人形を作ることだけは禁じた。男の手にかかれば人形に命を吹き込むことくらい造作《ぞうさ》ないと信じていたからだ。

男は王の命令に忠実に従った。王を心から慕《した》っていた。しかし、一つだけ秘密を抱えていた。宮殿に隠し部屋を作っていたのである。いくさの際、王とその家族を守るためのものであり、叶《かな》うことなら一生封印されたままであれと願っていた小部屋。だが、ある日のこと、王様の末娘、一番小さな王女が偶然その部屋を見つけ、中に閉じこめられてしまう。助けを求める声はどこにも届かず、誰も王女を見つけることはできない。神かくしの噂を聞いて男が駆けつけた時には、既にその身体は冷たくなっていた。

男は自分の両腕を切り落とすことを願い出た。しかし王は首を縦には振らず、男に王女の人形を作ることを命じた。「ただし」と王は言った。それが最後だ。人形が完成したその時は、国中の魔女を集めておまえに呪いをかけよう。幾百回幾千回生まれ変わろうとも、おまえもおまえの子供たちも、二度と自らの手で物を作り、組み立てることはできぬ呪いだ、と。

その男の生まれ変わりがおそらく父なのだ。王国の呪いをかけられた我々親子は、週が明けるのを待ってプロに修理を頼んだ。何も知らない彼は、あっという間、いやもう本当に五分とかからず工具も使わずパイプの中から歯ブラシのキャップを見つけ出した。

「これですね」

と、さわやかに彼は言った。

今、洗面台の水はけは最高である。

# 聞こえないものが聞こえる

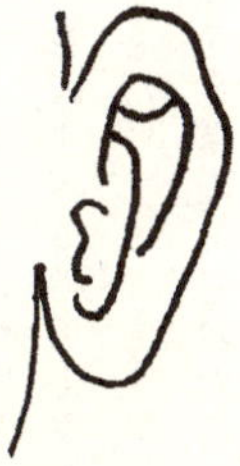

母がとてつもない物を手に入れようとしている。だが、本人はまだそのことを知らない。否《いや》、知らないというよりは認めようとしていない。何度か説明を試みたものの、そのたびに話に耳を貸すどころか、鼻で笑う素振りすら見せる。かつて子供の私を「返事は一回！」と叱りつけたことなど忘れたかのように、「ああ、はいはい」と、明らかに面倒くさそうにあしらうのだ。どうして母がそのような態度をとるのかわからない。なにしろ重要な話なのである。母のこれからの人生、ひいては我が家の未来をも変えるかもしれない事態なのだ。

しかし、どうも深刻さがうまく伝わらない。そうこうしているうちにXデーは近づいてくる。その時になって慌てても遅いと心配するも、なにしろ本人が聞く耳を持たないのだから仕方がない。一人で気を揉《も》むのもバカバカしいので、とりあえずここに記してみることにした。

そもそもの始まりは今年の二月だった。

以前にも触れたと思うが、長年愛用していた私のガラケーが壊れてしまったのだ。壊れたというか、酔っ払って湯船に落として壊してしまった。機種も古く、修理という話では既にない。出会った当初、防水機能を謳《うた》い、身持ちの堅さをアピールしていたガラケーは、私と過ごした四年余りの間にあらゆるカバーが千切《ちぎ》れ、欠け、水への抵抗力を一切放棄したゆるゆるのカラダへと変貌《へんぼう》を遂げていたのだ。

ひとたまりもなかった。

別れた後、恋人からのプレゼントをどう処分するかという問題がある。私の場合は「実用品として使える物はそのまま使うし、使えない物はとっとと捨てる」派なのだが、ガラケーは「別れを決めた瞬間に思い出を含めた一切合財《いっさいがっさい》をきれいに捨てる」派だったらしい。どちらにも情緒が欠けているのではないかという点については今は触れないとして、そんなガラケーであるから、水没とともにすべてのデータが全部消えた。画像も友人たちの連絡先も仕事のメモも何もかもだ。

まあ、よくあることといえばよくあることである。急な出費を余儀なくされたの

ことたし失《な》くかも何もかも。た思ったすら清々《すがすが》しいとすら思った。何もかも失《な》くしたところから、すべてをやり直す。人間、時にはそういうことも必要であろう。酒場で隣り合った人の連絡先をアドレス帳にばかすか溜《た》め込んでいる場合ではないのだ。そうして私は人生への反省を込めつつ、スマホへの機種変更を執《と》り行った。一件落着。これで事は済んだと思った。

が、事態はそれほど単純ではなかったのである。

次は冷蔵庫だった。以前から調子の悪かった冷蔵庫のドアが、いよいよきちんと閉まらなくなってきたのである。時期としてはいつだったか。三月か四月、おそらくはそのあたりであったろうと思う。野菜室の抽斗《ひきだし》を閉めると、上段にある冷蔵庫のドアがひとりでに開く。開いたまま自力では閉じない。気付かずにその場を離れ、センサーがぴーぴー言い出して慌てて台所に戻ると、夜などは明かりを消した台所に、冷蔵庫の隙間《すきま》から光が一筋漏れ、まるで天上へと続く階段のようであった。センサーは常に反応するわけではなかったから、無音のまま扉だけがうっすら開いていることもある。そんな時は、人知れず扉が開きっぱなし↓庫内の温度が上がる↓食べ物が腐る↓そうとは知らずに食べる↓食中毒で死ぬ、という本当の意味での天上への階段が見えた気がした。

修理はスムーズに進んだとは言いがたかった。見積もりに来てくれた人の話が二転三転（これはどこも壊れていない、冷蔵庫は皆こうなっている、と思ったけどやっぱり壊れている、壊れたのは保証のきかない部品だ、と思ったけど特別に無料で交換してあげましょう）したからだ。そのせいもあって、部品交換は緊張感と不信感の漂う中で執り行われた。無事に修理を終えた時には、互いの間にほっとした空気が流れたのを覚えている。天上への階段は姿を消し、冷蔵庫は闇と冷気を取り戻したのである。

これでようやく我が家に平安が訪れた。そう安堵《あんど》したのも束《つか》の間《ま》、今度は購入して一年半ほどの私のタブレット端末が壊れてしまった。まったくもって突然のことである。前の日までは正常に動いていたタブレットが、朝起きるとなぜか急に充電できなくなってしまったのだ。コンセントを替えてもだめ、ケーブルを替えてもだめ、アダプタを別の物に替えてもだめ、だめだろうなあと思いながら初期化してみても案《あん》の定《じょう》だめ、かろうじてパソコンからの充電は可能だったが、電圧が低くてまったく追いつかない。

なんなんだ、これは。と、その時はじめて思った気がする。どうしてこう次から次へと不具合が降りかかるのだ、と。思えばタブレットが壊れる少し前、洗面所の排水管が詰まったこともあった。これは前回書いたように、父が徒《いたずら》に被害を拡大させたような面もあるが、それでも人を頼んで直してもらわなければならない事態であったことは同じだった。

あらゆるものが壊れていく家。

言葉にするとぞっとする響きであるが、しかし、当時の私にはそのことを突き詰めて考える時間も精神的余裕もなかった。タブレットがなければ仕事に差し障りがでる。ただでさえ〆切《しめきり》破り倒して評判が地に墜《お》ちているというのに、さらにそこから穴をほって地中深くに埋めるような真似はできないだろう。調べたところ、修理には二週間以上の日数と、「うえっ?」と思わず声がでるくらいの費用が必要らしい。折しも税金やら国保やら年金やらの支払い通知が、景気よく舞い込む時期である。

「いやいやいやいやいや、そんなそんなそんなそんなそんな、びんぼうびんぼうびんぼう」

譫言《うわごと》を発しながらも、結局、その日のうちに新しいタブレットを買った。壊れた方は修理に出して予備として使おうと思ったが、「びんぼうびんぼうびんぼう」が効《き》いて未《いま》だ充電できぬまま手元にある。自棄《やけ》になって、「廃人になるからこれだけは手を出しちゃだめ」と友人が語っていたゲームアプリを、どうせならとダウンロードしてみたら、いやこれが本気で廃人まっしぐらみたいなやつで、もし充電が追いついていたらどうなっていたことか。

それにしても、と私は思った。本当になんなんだ、これは。

身代わりになってくれた、と考える手はあった。私や家族の身に降りかかるべき病気や災難を「物」が代わりに引き受けてくれたのだと。精神の安定を図る上では非常に有効な考えであるが、しかし実際のところ、人間は人間できちんと病に倒れていたのである。まず妹と姪《めい》がげほげほの風邪にやられ、それを母が貰《もら》い、次いで父が倒れ、そして最後に私が引き受けた。私は嗅覚と味覚がやられて未だ戻らず、母は肺の病気を疑われ、妹と父に至っては軽い肺炎、持病の気管支喘息《ぜんそく》と風邪からのさらなる発展をみた。近所の病院へ行くと、点滴にやってきた妹とばったり会い、その妹の点滴中には父が現れ、父が帰ろうとしたあたりで母が来る、という「お前らどうせならまとめて来いよ、一家バラバラ点滴事件」みたいな事態も出来《しゅったい》した。

あらゆるものが壊れていく家。人さえも。

祟《たた》りではないか、という声がこのあたりであがり始めた。無理もないと思う。いや、むしろそれなら納得できる。何者かの怨念《おんねん》によって、我が家の物も人もばたばたと倒れていくのだ。私は本当にいい人間で、いつかその澄んだ心根がアラブの石油王に見初《みそ》められて彼の二十番目の妻になり、月に二十億円のお小遣いをもらって生活するようになると踏んでいるのだが、世の中には逆恨みということもある。そんな心根の澄んだ私を憎み、呪い、祟る人もきっといるに違いないのだ。

　ただ、祟りだという確証がない。あったとしても、どう対処したらいいかわからない。

　そうこうしているうちに、もう書くのも嫌になってきたが、今度はトイレの温水洗浄便座が壊れた。タブレットと同じ突然の最期で、前の晩まで元気に働いていたのに、朝には名実ともに冷たくなっていたのである。カラダからぬくもりが消えた便座の、そのひやりとした冷たさに接して、我々は慌てた。慌てて修理の見積もりを頼むと八万円だか九万円だかで、「それなら十万円で新しいのを買ったほうが安い」と言う。十万円が八万円より安いとはどんな理屈だ！　高校の時に数学で〇点をとった私を馬鹿にしてるのか！　と色めき立ったが、冷静になれば彼の言っていることもわからなくはない。仕方なく新品との交換をお願いしたその翌日のことである。私の部屋を覗《のぞ》いた母がそっと言った。

「補聴器、壊れちゃった」

「まいりました」

思わず降参したものの、降参したからといって補聴器がひとりでに直るものでもない。というか、もう直らないのだそうだ。購入して十年以上が経っている。子供の頃の病気のせいでもともと片耳の聴力が弱い母は、もう片方の耳が年齢とともに遠くなってきていることを、最初なかなか認めなかった。「聴こえが悪いのは昔からだ」と言い張り、生活に支障が出る音量でテレビを見たり、話に入れないからとふてくされたりしていた。それが原因の親子喧嘩も頻発《ひんぱつ》し、最後は興奮して補聴器も加湿器もわからんようになった私との、

「だから加湿器買えばって言ってるのに！」

「え？」

「加湿器だよ！　加湿器！　耳が遠いんだから加湿器買えばいいんだって！」

「え……？」

「だから加湿器！　か・し・つ・き！」

「加湿器……あるよね……」

との混乱気味のやりとりなどを経ての補聴器購入であった。それが今ではすっかり手放せないものとなっている。早速、新しい補聴器を作りに行ったはいいが、片

耳三十万円するという。さんじゅうまんえん。それを聞いた時に最初に胸にこみ上げたのは「よかった」という言葉であった。

「よかった。買ってあげるって言ってなくて」

危なかった。タブレットの急な出費がなかったら言っているところだった。

胸をなでおろしつつ、それにしても、と改めて考える。ちょっと我が家の災難はオーバーペースではないのか。禍福《かふく》は糾《あざな》える縄の如し、らしいが、ここのところの「福」の姿の見えなさはどうだ。見渡せば「禍」ばかりが幅を利《き》かせ、「福」の気配が一向に感じられない。タイミング的には、補聴器の前に何か一つくらいいいことがあってもいいはずなのに。ほらごらん、あたりは禍禍禍禍、「福」はどこへ行ったのだ。と、その時である。まるで天啓のようにある考えが頭に浮かんだ。

もしかすると母の新しい補聴器が「福」なのではないか。

なるほど、すべての辻褄《つじつま》があう。これまでの「禍」は最後の「福」を迎えるための前払いであり、ダメ押しにも思えた補聴器の故障こそが「福」そのものであったのだ。新しい補聴器は、今までの「禍」を補って余りある「福」をもたらすはずだ。一体どんな「福」かといえば、ものが補聴器であるからして、たぶん普通の人には聞こえないものが聞こえるのだと思う。たとえば、文明の進んだ宇宙人からのメッセージとか、ロト6《シックス》の当たり番号とか、石油王のプライベートアドレスとかだ。

まもなく母のもとにそれが届く。母は未だ私の話を鼻で笑う日々であるが、笑っていられるのも今のうちだ。もうすぐ母は真実を知ることになる。そして私の洞察力に驚き、敬意を抱き、石油王のプライベートアドレスを喜んで教えてくれるだろう。ひゃっほう。次回、私の原稿が載っていなかったら二十億円のお小遣いをもらって仕事を辞めたか、地に墜ちた評判を回収しきれずクビになったと思ってもらって構わない。

# 私は象ではありません

未来のことを考えていた。薄暗い午後だった。がらんとした耳鼻科の駐車場に一台だけぽつりと停まった車、その運転席に座って私は未来のことを必死に考えていた。

風邪が全然治らないのである。前回も書いた、家族がばたばたと倒れていった風邪である。妹と姪《めい》がやられ、母がやられ、父がやられ、そして最後に私が倒れた。「み、みんな……ここは私が食い止める……。今のうちに逃げるんだ……」と言ったつもりも言うつもりも一ミリもなかったが、結果としてはそうなった形で、家族が徐々に回復していく中、私の風邪だけがいつまでも尾を引いていた。症状としては咳《せき》と喉《のど》の痛み、そして地味につらいのが匂いと味がわからなくなってしまったことである。

内科には行った。処方された薬も飲みきった。けれども三週間経ってもちっともよくならない。はじめのうちは「しつこい風邪だなあ」と思っていたが、ここまでくると何か別のものではないかという気持ちになってくる。前回も書いたが、祟《たた》りだ。何かの祟りによって私の喉と鼻がダメになっているのではないか。何者かが見えない力でもって私の喉と鼻を攻撃しているのではないか。もちろん心当たりはない。しかし私も人の子だ。人間のおっさんに姿を変えたダジャレの神様のダジャレを、そうとは知らず鼻で笑ったこともあったかもしれない。どうしてダジャレの神様かというと、私が大のダジャレ嫌いだからだが、焼き鳥屋の隣のテーブルで「サンタ苦労す」と連呼《れんこ》しているおっさんに、季節外れの上にそんな文字にしなきゃわからんようなダジャレ言うなよめんどくせえ（大意）、というようなことを、フレンドリーに言ったのはいつだったか。ひょっとするとあれがダジャレの神様だったのかもしれない。

祟りならば風邪薬では治らないだろう。その場合、必要なのは投薬ではなくお祓《はら》いだ。しかし、考えてもみてほしい。今や二十一世紀。子供だった昭和時代、二十一世紀といえば「未来」の代名詞だった。いや、代名詞というよりは、未来そのものだった。車が空を飛び、ロボットが家事や仕事を引き受け、人間は動かなくてよくて手足がどんどん退化してタコ型の火星人みたいになっている夢の時代である。その憧れの未来に生きていながら、祟りだお祓いだと安易に言い出すのはいかがなものか。もちろんどれだけ文明が発達しようが、人智の及ばぬことは多々あるだろう。だが、なにも毎夜枕元に立つ血まみれの女の人に首を絞められているわけではないのだ。咳が出て喉が痛くて鼻が利《き》かないだけなのだ。冷静に考えて、お祓いの前にするべきことがあるのではないか。

耳鼻科。

内科で治らない風邪は耳鼻科という手があるらしい。正直、私も心が動いた。なにしろ三週間びっちり風邪なのである。最初は同情してくれていた担当編集者も「実は仕事したくないだけじゃないの?」みたいな雰囲気を少しずつ醸《かも》し出してくる。心外である。仕事は仕事でしたくないが、風邪は風邪で本当に風邪なのだ。とはいえ寝てばかりいるわけにもいかないので飲みに出る。するとますます仮病の疑いが強くなるという、非常に不本意な悪循環にも陥《おちい》っていた。

風邪ひき期間が二週間を超えたあたりで、耳鼻科受診の心は決まっていたと思う。ただ、なかなか最後の踏ん切りがつかなかった。とにかく棒が嫌だった。耳鼻科で鼻の穴に突っ込まれる、ありえない長さのあの金属棒である。過去、棒を構え

る医者に、

「間違ってます！　間違ってます！　それは赤ちゃん象のための物ではないですか！　そんなに！　私の！　鼻の穴は！　深くありません！」

何度そう訴えようと思ったかしれない。そもそもの問題として、耳が詰まった感じがすると言っているのになぜ鼻に棒かがわからない。喉に魚の骨が刺さったと言っているのになぜ鼻に棒か。そんなに鼻が好きか。だったら耳鼻咽喉《いんこう》科じゃなくて鼻鼻鼻鼻科にしろ。読みは「はなびびびか」だ！　と鼻に棒を差し込まれたまま心の中でいきがってもいた。

もちろん、耳鼻科にも棒が登場しない回があるのは知っている。メニエール病を患《わずら》った時には眼振《がんしん》を診《み》るためか「眼科か！」というくらい目ばかり覗《のぞ》かれたし、子供の頃、たまった水を抜くためのチューブを耳に入れた時は「そんなに痛くないから」と麻酔はバファリンで、でも案《あん》の定《じょう》むちゃくちゃ痛くて泣いていたら「変だなあ。あ……ごめん、チューブのサイズ間違えてた」という事故みたいな目に遭《あ》って、これなら棒の方がよかった気もするが、でも棒の出番はなかった。

しかし今回は棒だろう。喉と鼻の調子が悪くて行くのだから間違いなく棒だ。絶望的な気持ちで私は耳鼻科受診をシミュレーションする。患者をビビらせるためとしか思えない耳鼻科特有の機械類、その脇に立つ医師、キラリと光る目、繰り出される棒、「間違ってます！　間違ってます！　私は赤ちゃん象じゃありません！」かき消される私の心の叫び。ただひとつ希望があるとすれば、とすがるような気持ちで私は思う。今が「未来」だということだ。私が最後に棒の洗礼を受けてから、既に数年の月日が流れている。その間に二十一世紀にふさわしい進化が棒にも訪れているかもしれないではないか。

かくして私は耳鼻科受診を決行した。まるで私の心のような、どんよりと重苦しい空の広がる日だった。病院に到着したのは診療開始の三十分前。棒に対する緊張のせいか、完全に受付時間を間違えている。駐車場に車を入れ、しばらく時間をつぶした。なるべく明るいことを考えようと、今が未来であることを意識して過ごす。スマホでネットを見る。未来だ。スマホでツイッターを更新する。未来だ。ラインで知り合いとやりとりする。間違いなく未来だ。すべてがスマホ頼みとはいえ、大丈夫、私は希望あふれる未来に生きている。この分ではあの棒にもきっと素晴らしい革命が起きているに違いない。そう信じた私だったが、しかしその力強い思いも雨がぱらぱらと降り出したあたりから怪しくなった。

思わず見上げる空に車は飛んでいない。未来じゃない。慌てて傘をさす歩行者はタコ型火星人とは似ても似つかない。未来じゃない。そもそも二十一世紀には天気は完全にコントロールされていてふいの雨などないはずなのだ。全然未来じゃない。ていうか、傘。だいたいにおいて傘がおかしい。これはもう何度でも言うが、雨に対する備えが未《いま》だ傘って変だろう。「強風でも壊れないよう骨の数を増やしました」ってそっちじゃない。そっちの進化じゃないんだ、我々が望んでいるのは！二十一世紀なのに！二十一世紀でありながら！雨のたびに手を塞《ふさ》いでどうするっちゅう話ですよ！傘よ！目を覚ませよ！ていうか病院、そろそろ受付の時間！

混乱の後、唐突に我に返る私。その不安定な心の状態は、院内に入ってからも続いた。バリアフリーの床。未来だ。充実したキッズスペース。未来だ。高い天井から優雅にぶらさがるモビール。なんとなく未来だ。大人用本棚に並ぶゴルゴ13。未来じゃない。デジタル体温計。未来だ、と言いたいところだが、もうさすがに未来じゃない。土足ではなく、スリッパでもなく、裸足《はだし》で入るシステム。これはどうだ。未来じゃないと見せかけてむしろ未来か、いや、未来と思わせてのあえての非未来なのか。何だ非未来って。そんな言葉があるのか。あるとしたら辞書に載っているのか。どうなの。そこのところどうなの。えっ⁉　混乱が再び頂点を迎えた頃、ふいに名前を呼ばれた。いよいよである。アトム、と私は思った。科学の子アトムよ。この扉の向こうにあるのは未来か非未来か。棒は進化しているのか。そして今は本当に二十一世紀なのか。さまざまな思いを胸に、私は診察室の扉を開けたのである。

と、なんだかここで終わってもいいような雰囲気になっているが、一応結論だけ申し述べておきますと、棒は明らかに進化していた。私のシミュレーションもほぼ完璧だった。唯一違っていたのが医師の繰り出す棒が棒ではなかったことである。そう、棒ではなく、くねくねと動く管《くだ》だった。こ、これは、な、内視鏡？　思う間もなく管は鼻の穴に挿入され、奥へ奥へと突き進んでいく。

「動いてる！　動いてる！　いやっ！　棒より悪い！　棒より悪い！　何この未来！　傘か！　お前は傘か！　こっちじゃない！　こっちの進化じゃないんだ！　私は赤ちゃん象じゃありません！　あと医者の頭につけたライト眩《まぶ》しい‼」

錯乱《さくらん》にも似た心の叫び。涙と鼻水にまみれながら思い出していたのは、昭和の見世物小屋で見た蛇女《へびおんな》である。両の鼻の穴に蛇を通す女の、あの無表情。彼女ならこんな内視鏡など何とも思わないだろう。彼女のようになりたい、と私は切望した。棒が傘方面の進化を遂げたように、私も蛇女のように進化したい。全然未来じゃないが、本当に大切なものに時代など関係ないのだ。

あれから数週間、処方された薬を飲んで咳と喉の痛みは治まった。ただ、匂いと味は薄皮一枚かぶった感じで未だぼんやりとしている。蛇女には進化できていない。

# 北海の盗み見の白熊、敗北す

久しぶりに「見届けたい」と思った。私とは何の関係もない、今では顔も忘れてしまった行きずりの若いカップルではあるけれど、それでも二人の行末を柱の陰からでもいいから見届けたいと、あの時たしかに私は思ったのだ。

八月のはじめの東京だった。滞在中のホテルから駅に向かって、私はぼんやりと歩いていた。いや、ぼんやり歩いているつもりはなかったのだが、暑さのせいでどうしてもぼんやりしてしまうのだ。頭の芯が痺《しび》れ、ホテルで聞いた天気予報の「予想最高気温三十六度」の言葉がぐるぐるしている。耳にした瞬間、「それ、気温?」と思わず声に出た。「うちとこではそのあたり、体温ということになっておりますが」

ご承知のとおりというかなんというか、三十六度を気温だと認識する機能が、そもそも道産子《どさんこ》には搭載されていない。そのかわりマイナス三十度くらいまでは気温と認識できるシステムになっているのだが、そんなものは八月の東京では何の役にも立たないのだった。

だいたいにおいて我々の基準でいえば、これは「暑さ」ですらないのである。では何かというと「湯煎《ゆせん》」だ。前日、東京に降り立った時、最初に思ったのが「我々は湯煎されている」ということだった。東京というのはいつ訪れても全体的に「うわん」としていて、地表から五センチくらい浮いている気がする街であるが、それが湯煎によるものであることを、その時私は初めて理解したのである。誰かが巨大なビニール袋で東京を街ごと包み込み、そのまま湯煎にかけている。「誰か」が誰かというと、もちろん神様である。料理好きの神様が山も川もビルも家も犬も猫もあなたも私もすべてドロドロに溶かし、溶けきってどれがどれやらわからなくなったところで、お菓子か何かの材料にして食べてしまうつもりなのだ。

湯煎のコツは決して焦《あせ》らないことである。焦るともろもろが出来たりして、一からすべてやり直さなければならない。長年かけてせっかく育てた巨大都市である。神様もここは慎重にならざるを得ないだろう。もともと時間の概念が我々とは異なる神様であるから、何十年、何百年かけようが平気だ。ぬるくなったお湯を何度も取り替えつつ、じっくりと東京を湯煎にかけている。その冷めたり熱くなったりするお湯の温度変化を、気の毒な東京の人は四季だと思い込んでいるが、実は夏というのは新しいお湯が投入されたばかりの季節なのだ。

ビニール袋の中を駅に向かう。信じられないほど蒸し暑く、この分ではそろそろ端っこのあたりが溶け始めているのではないかと思う。今回の滞在予定は三日間だが、三日とも猛暑日の予報が出ていた。というか、その三日を挟んで前後一週間だか十日だかがまるまる猛暑日だそうだ。仕事とはいえこの北海の白熊（誰だよ）、よりによってもっとも暑く溶けやすい時に来てしまった。

ビニール袋の中は人口密度も高い。一度に目に入る人の数が桁違《けたちが》いに多く、信号待ちをしているだけで、もう一生分の人間を見たような気になる。私のすぐそばに風呂あがりみたいな格好をした外国人の家族が立っている。その横にはスーツ姿の若者。扇子《せんす》をぱたぱたしている年配男性とタオルを首に巻いた小学生の間を縫うようにして、若い母親がバギーを押して横切っていく。

今、湯煎が完了するとしたら、このランニングシャツのおっさんも乳が半分見えそうな娘さんも生真面目《きまじめ》そうな若者も頭から湯気が出ていそうな男の子も寝たまま移動している赤ん坊も、全部いっしょくたになって自分と溶け合うのかと思うと、すべてに絶望するようななにもかもがどうでもいいような、ひどく遠い気分になった。

それにしても、どうして皆、殺し合わずにいられるのだろう。北海の仏の白熊と呼ばれる私でさえ、肩が触れただけで「さわるなあああ！」と胸ぐらつかみそうになる勢いで暑いというのに、道行く人が平気な顔をしているのが不思議でたまらない。ついさっき私の目の前に割り込んできた十代と思《おぼ》しきカップルなど、まるで冬の日の鳩のように身を寄せ合い、あまつさえ手まで繋《つな》いでいる。手まで繋いでいる。手まで繋いでいる。驚いたので三度言ってみたが、だから手を繋いでいたのである。気温三十六度の午後に。

なぜ。

思わず目が釘付《くぎづ》けになる私。理解しがたい事象を目にした時、人はまず否認に走るというが、私も最初は見間違いかと思った。だが、どれだけ観察しても、やはり男の子の右手と女の子の左手は、強い意志でもって分かちがたく結ばれている。とすると、と私は思う。ほんとは暑くないのではないか。今この時、横断歩道の白線の照り返しにすら慄《おのの》いているのは北海の軟弱な白熊である私だけで、他の人にとってこれは恋人と身を寄せ合いたくなるような気温なのではないか。現にほら、二人は汗一つかかずに涼しい顔で……と思いつつ見ると、男の子の首筋にはだらだらと汗が流れ、女の子も空いた方の手にハンカチを持って、しきりに額《ひたい》の汗を拭《ふ》いている。

すごく暑そう。むしろ私より暑そう。

わけがわからないし、意味もわからない。まあ、そのわからなさが若さというものなのかもしれないが、だとすると若さとはなんと不条理なことであろう。手なんか冬に繋げばいいじゃないか。東京の湯煎が完了するまでには、おそらくまだ何百年かあるはずだ。お湯なんてすぐ冷める。その時にいやというほど手を繋ぎ、「なんとか君の手、あったかーい」「なんとかちゃんが冷たすぎるんだよ」「やだ、ひどーい」とか言いながらうふうふきゃっきゃすればいいのである。なんなら一つのポケットに二人で手を入れたまま、道で滑って顔から一緒に転んだりすればいいのである。

それをなぜわざわざこのクソ暑い日の。炎天下に。ビニール袋の中を。お互いの手を片時も離さず歩かねばならぬのか。考えてもみてほしい。黙っていても身体中がじめじめ湿るような日なのだ。いくら好きな人とはいえ、お互い生身の人間である。手なんか繋いだ日には、掌《てのひら》が汗ででろでろぬるぬるするだけではないか。単体で歩いた方がよほどすっきりしてご機嫌でいられる。

と、そこまで考えたところで、ふいに気づいた。ひょっとすると彼らは手を繋いで歩きたいのではなく、繋いだ手を離せないのかもしれない。なにしろこの暑さだ。一度うっかり繋いだが最後、二人の掌があっという間にどろどろぬるぬるになってしまったであろうことは想像に難くない。それをなんとかしたい気持ちは当然あるだろう。だが、具体的にどうしたらいいのかがわからないのだ。手を離したとして、掌をいきなりハンカチで拭くのは相手に失礼な気がする。かといって服の裾《すそ》で拭《ぬぐ》うのは子供っぽいし汚らしい。自然乾燥には時間がかかる。何事もなかったかのようにすぐに繋ぎ直すのは、よけいに気持ちが悪いだろう。結局どれが正解かわからないまま、まるで硬直したかのように、ぬるでろのお互いの手を握り合っているのではないか。

そう考えながら彼らの後ろ姿を眺めると、たしかにある種の決意というか悲壮感が漂っている気がする。横断歩道を渡る間も、駅前や駅構内の人混みの中でも、彼らは決して手を離さない。次々と現れる人を避けながら、腕を伸ばしたり引き寄せあったりする様は、さながらダンスのようだ。ダンスのようだが、別に優雅ではない。むしろ、人が多いところでバタバタしないの、とお母さんに叱られそうなぎこちない動きである。

　ぎこちないままエスカレーターに乗った。もちろん手は繋いでいる。身体を捻《ひね》って改札も通り抜けた。手は繋いでいる。電車の気配を感じて階段を駆け降りようとして諦めた。手は繋いでいる。ホームで人混みに呑《の》まれて流されそうになった。手は繋いでいる。男の子がTシャツの裾をぱたぱたさせて風を入れた。手は繋いでいる。女の子がハンカチで首筋を拭った。だが、手は繋いでいる。

　結末を知りたい、と思った。偶然とはいえ彼らの手繋ぎ地獄を見続けた者として、最後の場面まで見届けたいと強く願った。最後というのは、二人が手を離す瞬間である。手を離してぬるでろの掌を気まずくなんとかする、その瞬間を見届けてこその北海の盗み見の白熊だと思った。しかし、それが無理な話だろうことも同時にわかっていた。彼らの手繋ぎには明確な意志がある。電車に乗った今も揺れに屈することなく、しっかりとお互いの手を握り合っているのだ。離れさせるのは容易なことではない。

　なすすべはなかった。時折笑い合う彼らを、他の乗客の隙間《すきま》からぼんやりと眺めた。駅をいくつか過ぎる。彼らに変化はない。やはり無理だったのだ、と北海の無力の白熊は悟った。さようなら、二度と会うことのない東京の若者よ。私ももう降りねばならない。そのぬるでろの掌が、いつか人生の糧《かて》となることを祈っているよ。と、心の中で二人に別れを告げ、ドアに向かったその時、彼らの前の座席が一つだけ空いたのが見えた。男の子が女の子に座るよう促《うなが》している。あ、と思う。今か。まさか今が手を離す時だったのか。電車がホームに入る。いや、まだか。まだ離してはいないのか。ドアが開く。見えない。どうだ。どうなってるんだ！　下車する人の波に押されるようにして外に出た。慌てて振り向いたけれども、彼らの姿は既に見えない。一体彼らがどうなったのか。女の子は座ったのか。二人の手は離れたのか。それともあくまで繋いだまま不自然な格好で電車に揺られているのか。ぬるでろ問題は解決したのか。肝心なところが何一つわからぬまま、私は再び湯煎の街に放り出された。今もテレビドラマの最終回を見逃したような気持ちである。

# 「恐ろしいもの」との死闘

私は今、絶望にも似た気持ちを味わっている。こんなはずではなかったと、真夜中のテレビ画面を前に半ば呆然《ぼうぜん》としている。大人になり、というか大人もだいぶ進行した今になってまで、このような日々を送るとは夢にも思ってもいなかった。

当初の予定では、既に闘いの一線は退《しりぞ》いているはずであった。当初というのは子供時代のことであるが、思えばあの頃はずいぶん楽観的な未来を予想していたものである。もちろん、幼い日の見通しの甘さを責めるつもりはない。大人を甘く見るな、大人は実はそんなに大人じゃないぞ、という言葉が説得力を持つのは当の大人に対してのみであり、子供にとっては何の意味もないのである。

いずれにせよ、「大人になること」は「希望」だった。大人になればこの果てしなく続く闘いに終止符を打てると信じていたからだ。あるいは、この先の明るい未来を信じることで、目の前の敵との闘いを乗り切っていくしかなかったからだ。

「恐ろしいもの」

それはどこにでもいた。天井の木目、夜の階段の踊り場、母の鏡台の中。世界は「恐ろしいもの」で満ち溢《あふ》れ、そして隙《すき》あらばその真っ黒な口の中に私を引きずり込もうとしていたのだ。

「恐ろしいもの」たちとの死闘の日々を、私はいつでも思い出すことができる。

最初、やつらは名前を持たなかった。名前を持たず、形も持たず、ただ茫洋《ぼうよう》たる存在として、色濃く不穏な気配だけを漂わせていた。「くらいところ」とか「ひとりぼっち」とか「いつもとちがう」とか「夜中にトイレに行く時にお父さんかお母さんを起こして、『だから寝る前にトイレに行きなさい』と叱られなければならないような得体《えたい》の知れない何か」とか、そういった気配のみを私は察知し、なんとなく嫌だなあと感じていたのである。

油断はしていなかった。だが、やつらも非力な子供相手に攻撃の手を緩《ゆる》めることはなかった。いや、それどころかむしろ徐々に力を強め、やがてやつら自身の輪郭《りんかく》をはっきりと際立《きわだ》たせていったのである。

きっかけはトンネルだった。父の運転する車での家族ドライブ中、突然目の前にぽっかりと口を開けて現れたトンネル。その中に吸い込まれるように入ったとたん、私はパニックに陥《おちい》った。いきなり暗くなるのがまず反則だったし、その暗闇を照らす奇妙な色の電灯が等間隔で並んでいるのが不気味だったし、壁がぎりぎりまで迫っているのも息苦しかったし、それがシミだらけでところどころ濡れているのがあり得なかったし、ゴーゴーという音がするのも許し難かったし、呑気《のんき》な歌謡曲を流していたラジオが急に「ザーザー」言い出したのも理解できなかった。何だこれは。一体何が起きたのか。って、だから車がトンネルに入ったのだが、どうしてわざわざそんな所に入らねばならないのか。何かの罠《わな》ではないのか。ぐるーっと遠回りしてなんとかこの穴を避ける方法もあったのではないか。何もかもがわからなくなり、思わずとなりに座る母の膝《ひざ》に顔を埋《うず》めた。いきなり飛びついてきた娘に、母は驚きつつ言った。

「どしたの？　トンネル怖いの？」

ああ、そうだ、と私は思った。私はトンネルが怖いのだ。暗くて狭くて変な色になって妙な音がするトンネルが怖いのだ。顔を埋めたまま、こくこくとうなずく。

「恐ろしいもの」が名前と形を持って姿を現した最初の瞬間だった。

それを機に、事態は加速度的に悪化していった。やつらは名前と形とを手に入れることで、たちまち存在感を増していった。私はそのいちいちに律儀《りちぎ》に怯《おび》えた。トンネルの次には山が怖かった。山の何が怖かったのかについては実は覚えていないのだが、家族旅行中の車内で文字通り号泣したのははっきりと覚えている。窓から見える山並みを指差して「山が来るよー！　山が来るよー！」と泣き叫んだのだ。

「違うよー。来てないよー。こっちが行ってるんだよー」という父親の間抜けな慰めが何の役にも立たなすぎて笑えるが、当時は笑っている場合ではなかった。予約している温泉宿に向かう途中であったから、母親も真剣にさまざま尋ねてくる。

「山の何が怖いの？　大きいから？　暗くなってきたから？　あ、熊が出るから？　大丈夫だよ。羆《ひぐま》、人間なんて食べないよ。食べる時は大人から食べるよ」

食べるのかよ！　食べないんじゃないのかよ！　どっちだよ！　というか羆関係ないよ！

今考えれば、おそらく羆は子供から食べるだろうし、それよりなによりうちの両親は慰め方が致命的に下手な夫婦ではないかと思うが、この時のいくら訴えても伝わらないもどかしさは、「恐ろしいもの」との闘いが孤独なものだと思い知るに十分だった。ついでにいえば、今の気持ちを絶対覚えていよう、そして大人になってこの気持ちを表すにふさわしい言葉を手にした時、改めて山の何が怖いのかを説明しようとかたく心に決めたはずなのに、あっさり忘れてしまったことは我ながら情けなかった。その代わりといってはなんだが、その数年後、「さつま揚げ」について「かまぼこみたいで、丸くて、茶色くて、ふわふわしてるやつ」「それが食べたい」と拙《つたな》いながらも懸命に表現した私に、母親がチクワを買って来てくれた時も同じ決意をし、そして幸いなことにそれは成功した。おかげで現在の私は、いつでも自由に「さつま揚げを食べたい」と意思を表明できるようになったのである。

という話はどうでもいいのだが、とにかく、トンネル以降「恐ろしいもの」は増えるばかりで、一向に減る気配はなかった。数もそうだが、厄介《やっかい》なのは敵の姿がどんどん具体的になっていくことである。

トンネル、山、トイレの花子さん、鏡台から飛び出す血まみれの手、枕元に立つ見知らぬ子供、押し入れの天袋に座る小さいおばあさん、クローゼットのわずかに開いた扉の隙間から覗《のぞ》く目、大学の寮の中庭を読経《どきょう》しながら歩くお坊さんの列。

大学生になってまで中庭にお坊さんの列ってあんた、少しは落ち着けよ。頭ではそう思うものの、敵の勢いは衰えなかった。かつて茫洋《ぼうよう》とした存在だった「恐ろしいもの」は、目には一度も見えないまま、しかし時とともにバリエーションを増やし、なおかつ着々と具体化していったのである。

当然ながら、闘いは終始押され気味であった。しかし、私は決して勝負を捨てたわけではなかった。それどころか、戦闘回避もまたある意味では勝利であるとの信念に基づき、長い時間をかけて慎重に事を進めてきたのだ。

トンネルは一人で徒歩で通らなければ大丈夫、布団にすっぽり潜《もぐ》れば枕元の子には私は見えない、息が苦しくなったら鼻先だけは布団から出してもセーフ、日が暮れてからホラー小説は読まない、クローゼットの扉はきっちり閉める、部屋の押し入れは常に開けっ放しにする。

敵との直接衝突をあらかじめ避けることにより、私は少しずつ、しかし確実に失地を回復していった。そのかいあって、最近では夜中に一人、サイコキラーが人をばんばん殺すアメリカドラマを平気で観られるまでになっていたのである。もう大丈夫だ、と私は喜びに打ち震えた。長く苦しい闘いであったが、事ここに至って形勢は完全に逆転した。私は「恐ろしいもの」との闘いに、ついに勝利したのだ。幼い頃に夢見ていた動じない大人の姿がここにある。私はようやく望むものを手にしたのだ。

喜びは長くは続かなかった。安堵《あんど》する私に新たな敵がまた牙《きば》をむいたのである。

画面に私が映っていた。

いや、だから夜中に一人で観るテレビ画面に、私と私の背後の景色が映り込んでいた。とりわけ画面の暗い外国ドラマの、さらに殺人鬼が夜陰《やいん》に乗じて人を殺すシーン。そのほとんど真っ暗闇といってもいい画面が鏡の役割を果たして、頻繁《ひんぱん》に私と私の部屋を浮かび上がらせるのだ。

場面の凄惨《せいさん》さと相まってか、それはまるでよく似た別の空間のように見える。本物と同じであるはずなのに、見れば見るほど、あってはいけない何かが映っている気がする。

たとえば私の後ろで斧《おの》を振り上げる男、テレビの中に戻るべく這《は》いつくばってこちらに向かってくる貞子《さだこ》、部屋の隅で声を出さずに泣く赤ん坊、あるいは私の背中をじっと見つめるもう一人の私。

それが気のせいであることを確かめるために、一分に一度くらいの間隔で私は後ろを振り向いた。笑うなら笑えばいい。ドラマではＦＢＩの美男美女が最後は事件を解決してくれるが、私はドラマの後もこの部屋に残されるのだ。そう、この部屋に。斧を持った男と。じりじりと近づいてくる貞子と。声を出さない赤ん坊と。あるいはもう一人の自分と。

絶望がひしひしと押し寄せてくる。私はテレビ画面の自分に改めて問い直す。

人はいくつになったら「恐ろしいもの」との闘いに終止符を打ち、本当の平安と安寧《あんねい》を手に入れることができるのか。真の「希望」とは何か。その先にはどんな風景が用意されているのか。というか私はいい歳をして本当に何をしているのか。

闇はまだまだ続く。

# 人類が進化を諦めた日

西暦××××年。人類は滅亡の危機に瀕《ひん》していた。平和と幸福を求めて築きあげてきたはずの文明は、やがて人類自らを蝕《むしば》む毒となった。

毒は幾度でも我が身を打った。地球上のあらゆる場所で長く激しい争いが繰り広げられ、そのたびに多くのものが失われた。容赦《ようしゃ》なく人が死に、地は荒れ、積み上げられた叡智《えいち》は破壊された。人々の夢を担った文明は、その夢の行き先を見失った人類もろとも、破滅への道を突き進んでいったのである。

残されたのは、実りのない大地と破壊し尽くされた街並み、そして一人の老人であった。

【納豆を食する際には、まずなにより心を落ち着けることが大切です。納豆というのはその安価さにより、時に必要以上にぞんざいに扱われがちな食品です。「納豆でいいや」もしくは「納豆で我慢して」との投げやりな物言いは、誰でも一度は耳にし、あるいは口にした覚えがあるでしょう。それは、卵かけごはんが一部の熱狂的な支持者の手により、高級化の路線を歩みだしたのとは対照的な位置づけといえます。価格的にはさほど差がないにもかかわらず、鮮やかな色合いを持ち、あらゆる料理に「とりあえずこれのっけとけば高級」といった雰囲気を醸《かも》し出す卵に、納豆は大きく水をあけられているといっても過言ではありません。しかし、実際のところ、納豆ほど成熟した心と態度が求められる食品は他にはないのです。さあ、深呼吸をしましょう。そして平《たい》らかな心で、まずは静かに容器の蓋《ふた》を外しましょう】

老人は一人であった。地球に生きる人類の最後の一人であった。何日も街をさまよい、森を歩き、時には空から地上を眺め、同時に可能な限りの通信機器を作動させ、ついに老人はそのことを認めた。地上のどこにも動く影はなく、問いかけに応える声もなかった。

事態を受け入れた後も、老人の暮らしは変わらなかった。森の奥で隠遁《いんとん》生活を送っていた彼は、それまでどおり小さな小屋で寝起きした。朝起きてから夜眠るまで、誰にも会わない生活には慣れていたが、それでもふとした拍子に恐ろしく思うことがあった。初めて味わう本当の静寂。森の中から生き物の気配が消えていた。鳥の囀《さえず》りもなく、獣《けもの》の咆哮《ほうこう》もなかった。本当に一人なのだと老人は思った。

【納豆を包む容器が思いのほか脆《もろ》いことをご存知でしょうか。また、蓋にはいくつかの通気孔が開いていることも。これは納豆が生き物であることの左証《さしょう》に他なりません。納豆は私たちと同じく生きている、そのことを肝《きも》に銘《めい》じて優しく蓋に手を掛けましょう。最初は弱く、徐々に強く。ここで慎重さを欠くとうまく外れないばかりか、蓋が裂けてしまう可能性があります。いえ、もちろん蓋が裂けたからといって、悲観することはありません。とりわけ小鉢の導入を考えている方は、どのような形であれ蓋さえ開けば終了。何の問題もありません。そうではない方、洗い物が増えるのが嫌だなとか、今日は一人だからズボラしちゃえとか、つまりはパックのまますべての行程を終えたいと考えている方は、ここから些《いささ》かの慎重さが必要です。容器から蓋を切り離しましょう。そうしなければ鳥の羽のようにぱたぱた羽ばたく蓋が、今後の作業の妨《さまた》げとなります。さあ、ミシン目に沿ってそうっと、そうっと。力加減を間違えると、ああ、ほらっ！　底の方まで亀裂《きれつ》が入ってしまったで

はないですか】

老人は残された日々を、つとめて淡々と生きた。やりかけの研究を続け、小川で水を汲《く》み、森の野草を採ってはその日の糧《かて》とした。しかし、そんな生活が長くは続かないことは、彼自身が一番よくわかっていた。世界は、もう彼の知っている世界ではなくなっている。豊かだった森は枯れ、野草すらも失われつつあった。抗《あらが》う気持ちは既になかった。一人で生きても一体何の喜びがあろう。夜毎《よごと》、幼い日の遠い思い出が蘇《よみがえ》る。世界中でたくさんの人が笑い、泣き、ともに生きていた頃の思い出だ。

【底に入ってしまった亀裂のことは、いったん忘れましょう。それがさほど大きくなければ、大丈夫、作業はまだ続けられます。思い出してください。納豆を食するにあたり大切なのは、平らかな心です。それは即《すなわ》ち慎重さであり寛容さであり、さらには投げ出さない心ということです。もう一度深呼吸をしてください。深呼吸しつつ、納豆に目をやってください。発泡スチロールの蓋を外された納豆は、薄いビニールに覆《おお》われています。そのビニールの上に、醤油《しょうゆ》と辛子《からし》の小袋。それをまずは取り出します。次にビニールの端を指もしくは箸《はし》で注意深くつまみ、徐々に剝《は》がしていくわけですが、ここで短気を起こしてはいけません。くっつきます。殆《ほとん》どの場合、ビニールに一粒かふた粒、納豆がくっつきます。そういうものなのです。イライラしては負けです。ビニールにくっつくことが納豆の業《ごう》である、そう心に刻んでいただき、その粒は諦めるもよし、箸でつまんで容器に戻すもよし、冷静に対処してください。ただし、どちらにせよこの瞬間から、糸との闘いが始まります。納豆のねばねばの糸により、作業の自由度が大幅に狭められるのです】

故郷の街は、影も形もなくなってしまった。その街で会った、今は亡き人たちの懐かしい顔を老人は思い浮かべる。父、母、弟、幼なじみ。老人の繰《く》り言《ごと》ではあるが、それでもいい時代だったと思う。未来は明るかった。老人はそこで科学者への夢を育て、やがて実現させた。まだ車は空を飛んでおらず、テレビは折りたためず、雨が降れば人々は自らの手で傘をさしていた時代である。ああ、そうだ。ストレスフリー納豆パックが開発されるまで、我々は納豆を食べることすら一苦労していたのだ。

【剝がしたビニールは、先ほど切り離した蓋の上にでも置きましょう。その際、気をつけなければならないのは、ビニールの張り付きです。納豆の粘りに長く身を浸《ひた》していたビニールは、隙《すき》あらば指もしくは箸に張り付こうとします。多くの人がこの時点でさらに苛《いら》だちを感じますが、しかしやはり短気は禁物《きんもつ》です。指もしくは箸に張り付くことがビニールの業である、そう胸に刻んで事を進めましょう。次に待ち受ける「混ぜ」のためにも、心の平安を失ってはいけません】

老人は日を数えるのをやめた。ただ一人、来《きた》るべきその時を待つ身にとって、時を計ることなど何の意味もなかった。誰もいない大地から日がのぼり、誰もいない大地に日が沈む。繰り返されるその風景を眺めながら、どうして自分だけがここにいるのだろうと老人は思った。何かの偶然だろうか、それとも意味があるのであろうか。

ある時、老人は街に出かけた。弱った脚で死の街を歩き、傲慢《ごうまん》で愚かな人間の所業すべてを目に焼き付けた。森へ帰ると、残された力を振りしぼり、老人は長い長い手紙を書いた。

【ご承知のとおり、混ぜについては、古くから論争が繰り広げられてきました。調味料を先に加えるか、あるいは存分に混ぜてから入れるのか。どちらにも言い分はあり、どちらが正しいというわけではもちろんありません。しかし、せっかくの納豆ですから、私の場合は粘らせたい。身も世もなく粘らせたい。となると、調味料を加える前に混ぜを開始するのがベストです。混ぜましょう。一心不乱に混ぜましょう。回数は百八回。煩悩《ぼんのう》の数だけ混ぜることで、納豆は私たちの迷いを払ってくれるのです。とはいえ、あまり夢中になるのも考えものです。この段階では、混ぜに心を奪われるあまり、箸でパックを突き破る事故が多発しています。蓋を切り離す際に、既に底にはダメージを与えていますから、ここで再び衝撃を加えることは避けなければなりません。大胆かつ繊細に混ぜること。そうしてふわふわの粘りが出現したところに、いよいよ調味料を投入するのです。当然、気持ちは逸《はや》ります。そりゃ逸るでしょう。お腹だってすいている。逸るあまり、箸の扱いが雑になり、納豆パックに立てかけたはずの箸がぽとりとテーブルに落ちる事故も少なくありません。納豆を混ぜたばかりの箸。糸が舞い、テーブルは激しくネバつきます。はあああ？　底に穴が開いたうえにネバネバの箸いいいいい？　と血圧が瞬時に上がりますが、しかしそんな時でも大切なのは、やはり平らかな心です。落ち着きまし

よう。落ち着いて箸を拾い上げ、調味料の小袋を手に取りましょう。え？　袋が破れない？】

老人は包み隠さず、すべてを手紙に綴《つづ》った。この地球で一体何が起き、そしてどうなろうとしているのか。人類最後の一人として知りうる限りのことを綴った。驕《おご》り高ぶった人間の恐ろしさを戒《いまし》めた。傲慢さは世界を破滅させる。人類はおのれの傲慢さによって、今まさに滅亡しようとしているのだ。もし、時を戻せるとしても、人はまた同じ過《あやま》ちを繰り返すだろう。自らが生み出したもので、自らの首を絞めるだろう。

老人は警告した。そうなりたくなければ、人智の及ばぬものをそばに置け、と。それが人類を救う鍵となるだろう。

老人はその手紙をカプセルに詰め、完成したばかりの時空移動装置にのせた。彼の最後の仕事である。老人は祈りを込めて、遠い過去へと思いを送り出した。

【納豆だけではありません。あらゆる小袋について回る「ここからお切りくださいの『ここ』がまったく機能していない問題」「こちら側のどこからでも切れますがどこからも切れない詐欺《さぎ》」に関して、今更申し上げるまでもないでしょう。まあ、切れない。いや、もちろん切れるものもあるけど、切れないものはほんと切れない。まるで博打《ばくち》です。ここまで来て、数々の障害を乗り越えてやっとここまで来て、それでもまだ納豆は私たちに博打を挑み、なおかつ私たちは納豆を求めるのか。「ふざけるな！　納豆なんかもう要《い》らん！」とすべてを投げ出せる人は幸いです。しかし、そんな人などいないに等しい。持ちうるすべての寛容さを動員して、大多数の人は立ち上がります。鋏《はさみ》を取りにいくために。心は敗北感にまみれているでしょう。立ち上がってしまった。ズボラをしてパックのまま納豆を食べようとしたのに、わざわざ立ち上がってしまった。こんなことなら小鉢に移せばよかった。しかし、たとえ小鉢に移したとしても、切れない小袋は切れないのです。それが納豆を食するということなのです】

竹取の翁《おきな》はその日、竹藪《たけやぶ》で奇妙なものを見つけた。光る竹の中ですやすや眠る赤ん坊、ではない。七色に輝く奇妙な筒と、そこに収められた巻物である。恐る恐る手に取ると、目にしたことのない奇妙な文字がびっしりと書き記されている。

何だ、これは。あまりの禍々《まがまが》しさに、翁は巻物も筒も放り投げ、一目散《いちもくさん》に家に戻った。しかし、どうにも気になって仕方がない。床《とこ》に就《つ》いても、あの妙な文字が瞼《まぶた》の裏に浮かんだまま消えない。

翁は翌日も竹藪に入り、結局はその巻物を持ち帰った。巻物は翁の手から村の長《おさ》へ、村の長から役人へ、そして巡り巡ってついには朝廷へと渡った。朝廷では天子の詔《みことのり》により、これを神のお告げと定めた。

今は神々の言葉を読み解くことはできぬが、いずれ天からの遣《つか》いが現れて、神のご意思を伝えてくれるだろう。その日が来るまで、この奇妙な筒と巻物は徒《いたずら》に人の目に触れさせてはならぬ。

【そろそろ心が挫《くじ》けそうになっている頃でしょうか。指で切ろうが鋏を使おうが、指に醬油や辛子をつけずに小袋の中身をきれいに投入することのハードルの高さ、隙あらば粘ろうとする糸との闘い。たしかに納豆への茨《いばら》の道は、事ここに至ってもその険《けわ》しさに変わりはありません。けれども、間もなくです。間もなく私たちはゴールを迎えるのです。容器の裂け目や箸で開けた穴から醬油が垂れないように注意をしつつ、調味料を加えましょう。その空袋を剝がしたビニールと一緒に蓋にのせたら、作業はほぼ終了。調味料と納豆を軽く混ぜあわせ、あとはもう自由です。薬味を入れるのも自由、入れずにご飯にかけるのも自由、いえ、ご飯にかけない自由だってあります。納豆を食べようと決めてから初めて訪れる自由な時間を、私たちはただ無邪気に謳歌《おうか》すればいいのです】

奇妙な筒と巻物は、幾度かの政変にも損《そこ》なわれることなく、ご神体として代々の為政者《いせいしゃ》に受け継がれ守られていった。やがて極秘チームが組まれ、神の言葉を解読しようという動きが進む。だが、文字は判読できても、そこに書かれた内容を理解するのは極めて困難であった。何百年もの時が流れた。全貌《ぜんぼう》が解明されたのはわずか数十年前、二十世紀も終わりのことである。事態の深刻さに、その場にいた誰もが言葉を失った。ぐずぐずしてはいられない。

人類の滅亡。そして人智の及ばぬ救世主。

すぐに国中の識者が集められ、対策が練られた。未来からのメッセージをどう受け止めればいいのか。長い議論が幾夜も繰り返され、皆の体力が限界を迎えた頃、ついに決断がくだされた。「よし」と憔悴《しょうすい》しきった顔で、時の為政者は言った。

「納豆パックの進化を止めよう。すぐに穴のあく容器、ふわふわと舞う糸、切れない小袋、あのみちみちとした神経質さを要求される行程すべてに、人はおのれの無力を実感するのだ。人智の及ばぬものとは、即《すなわ》ち納豆パックである」

こうして納豆パックの進化は静かに止まった。

【なぜ楽しい時間はいつもあっという間なのでしょう。納豆との楽しい時間ももう終わりの時です。ただし「片付けるまでが食事」ですから、空の納豆パックや食器を放置してはいけません。納豆を失った後も未《いま》だ残像のように動き回る糸の攻撃をかわしながら、すべてを台所に運びます。我が自治体では、ビニールや小袋は生ゴミと一緒に新聞紙に包んで燃やせるゴミに、容器本体はプラスチックゴミに。ただしきれいに洗ってからでなくてはいけません。水に浸《つ》けてぬめりを取っている間、私たちも歯磨きをすませましょう。納豆のネバネバは非常に生命力が強く、食器だけではなく人にも影響を与えるものなのです。ところが、洗面所で歯を磨き、さっぱりした気分で台所に戻ろうとした時、ああ、残念ながらふと気づくでしょう。まだなんか納豆くさくない？　手も洗い、歯も磨き、台所からも離れているはずなのに、どこか納豆くさくない？　気のせいかもしれません。気のせいではないかもしれません。あのしぶとい糸が知らず知らずのうちに、服、顔、髪、あるいは身体のどこかにふわりと触れたのかもしれないのです。絶望が、怒りが、私たちを襲うでしょう。「これが納豆パックの完成形？」「二十一世紀なのにこれが？」「人類の叡智とはこの程度なのか？」。でも、その答えは誰にもわからないのです】

過去への手紙を送信した後、老人はほどなく長い眠りについた。人生の最期にもう一つの「今」を夢見た老人は、森の奥の小屋で弔《とむら》う者もなく、やがて静かに朽《く》ちていった。

# 世界で最も遠い十五歩

前々から訴えていることだが、お風呂が遠い。物理的にはふだん仕事をしている部屋から十五歩しか離れていない（さっき測った）のだが、なぜかそこになかなかたどり着かない。この間は「さて、風呂にでも」と思ってから、実際に入浴するまで三時間ほどかかってしまった。三時間。ナポレオンなら、眠って起きて朝食をとりながらロシア侵攻の計画でも立てられるくらいの時間である。

その間私が何をしていたかというと、ただひたすらぼんやりしていた。正確には、ぼんやりしているふりをしつつ、絨毯《じゅうたん》バーと科学の限界と木星と宗教と先人の教えについて考えていた。そんなつもりはなかったのに、気がついたらそういうことになっていたのだ。

当初は夕食後、部屋でごろごろしながら本を読んでいたのである。私にとって本は「人が殺されるか殺されないか」の二種類に大別されるが、これは殺されない方の本であった。というか、殺されない方の本に見せかけて、もしかしたら殺されているかもしれない本であった。一体どっちなんだよと、若干《じゃっかん》いらつきながら読み進むうち、少しずつ身体が冷えてきたのがわかった。ストーブは点《つ》けているものの、夜になって気温が下がり、冷気がじわじわと絨毯越しに伝わってきたのだ。

座椅子《ざいす》に移ることも考えたが、どうせなら風呂に入ってあたたまろうと思った。時刻は夜の九時過ぎ。入浴するには何の問題もない時間である。いい考えだと思った。のんびりお湯に浸《つ》かって、風呂あがりにはビールを飲んで、ちょっとだけテレビを観て、そして今夜はもう寝てしまおう。たっぷり眠って明日はいつもの二十倍くらいバリバリ働くのだ。

「そのためには起き上がらねば」

完璧だった計画は、しかし、そう決意したとたん頓挫《とんざ》した。言葉はどんな形であれ人を縛《しば》る。「ねばならない」と意識した瞬間、私の身体は自らの言葉に敢《あ》えて抗《あらが》うように、ぴたりと動かなくなってしまったのである。

世の中にこんなに面倒くさいことがほかにあるだろうか、という思いがたちまち胸に迫る。まあ冷静に考えればいくらでもあるが、でもだからといって今の面倒くささが軽減されるわけでもないとも思った。動かない身体をごろごろと転がして、ストーブに近づく。とりあえず寒さを和《やわ》らげなければならない。転がりながら、絨毯の短い毛足が頰《ほお》にちくちくと不快だった。

ふと、そういえば絨毯バーって行ったことがないなと思った。行ったことがないが、イメージしたことは何度もある。「赤い絨毯が敷き詰められた店の中に、ボックス型の別珍《べっちん》の椅子が置かれ、その椅子の座面が百%剝《は》げている」というものだ。それは昔、友人から聞いたままの絨毯バーで、友人は「絨毯バーの絨毯は必ず赤い」「そして椅子の座面はすべて剝げている」と断言していた。今の今まであまり深く考えず、そういうものかと納得していたが、これまた冷静に考えるとそんなはずはないだろう。話を聞いて二十年以上経って初めて疑問が芽生《めば》え、私は身体を起こして座卓の上のスマホを手に取ると、再び床に寝転がった。

どうしてまた寝た。

と気づいた時には、既に手遅れだった。私は再びちくちくする絨毯に頰をつけながら、スマホで絨毯バーを画像検索していたのである。まったくもって恐ろしい世の中になったものだ。自分の部屋で寝ながらにして世界中の絨毯バーを見られるとは。スター・トレックのカーク船長だってこんなことはしていなかった。

感慨にふけったのも束《つか》の間《ま》、私はすぐに絨毯バーが絶滅の危機に瀕《ひん》しているらしいことを理解した。たとえば「おでん」を画像検索すると、地上を埋め尽くす勢いでほかほかの大根やこんにゃくやはんぺんが現れるが、絨毯バーにその勢いはまったくない。数少ない画像に目を凝《こ》らしても、「たしかにどことなく赤っぽい」ということは伝わるものの、でもそれだけである。椅子に至っては、座面の状態どころか別珍かどうかさえ判別できなかった。

科学の限界か。私はスマホを床に置いて神妙な心持ちで目を閉じ、そして慌てて開けた。だから寝ている場合ではないのだ。起きて風呂へ入らねばならない。この部屋を出て十五歩のところにある風呂だ。簡単なことではないか。

が、いくら気持ちを鼓舞《こぶ》しようとも身体は重く、頭を上げることすらかなわない。さっき起き上がってスマホを取ったが、それはそれ、これはこれだ。

まったく、どうしてこんなに身体が重いのか。まるで急に地球の重力が変化してしまったかのようだ。というか、ひょっとすると、ここは木星ではないのか。木星の重力はすごいと、昔、学校で習った記憶がある。どれくらいすごいのか具体的には忘れてしまったが、とにかく身体が重く感じられて地球と同じようには動けないらしい。まさに今の私。床に吸い付けられたように起き上がれない今の私。

ああ、本当にここは木星かもしれない。本を読んでいる間に、家ごと木星に運ばれてしまったのかもしれない。おそらくは木星人の間でそういうゲームが流行《はや》っているのだ。地球人を木星に運び、動けなくなったところで脳みそをストローでちゅうちゅう吸う。我々にとっては野蛮で悪趣味に思えるゲームも、木星人にとっては貴族の優雅な遊びなのだ。まもなく誰かが部屋のドアをノックするだろう。木星人である。

絶望が私を覆《おお》う。木星人が、私の頭蓋骨《ずがいこつ》に穴を開けるためにやって来たのだ。

すべてを諦めそうになり、しかしすぐに気を取り直す。まだ投げ出すのは早い。希望はある。木星人が地球にやって来て財布を落として困っていた時、親切な日本人に助けられたかもしれないという希望だ。以来、木星貴族の間では、日本人を無傷で帰す慈善運動が流行しているのだ。彼らは日本人を見分けるために質問を用意している。

「地球人よ。お前はサザエさんの登場人物を全員言えるか?」

も、もちろん言えます。今から言います。磯野波平、磯野フネ、磯……フグ田マスオ、フグ田サザエ、フグ田……そこまで並べたところで我に返った。虚《むな》しい。私は一体何をしているのか。ここが木星なわけないだろう。何だよ、サザエさんってて。フネの後にマスオとカツオのどちらを先に持って来るべきかで、一瞬迷ってる場合かよ。「磯野家は磯野家でまとめた方がいいのだろうか」ってそういう問題じゃないんだよ。

とにかく風呂。私が今やるべきことは、サザエさんのキャラ順を考えることではなく風呂。そう心に決めつつ寝返りを打つ。目に入るのは、床に散らばった本やメモ用紙や脱いだ靴下だ。

これを片付けなければならないのか、と気が遠くなる。これを片付けて、空いた場所に布団を敷いて、それから着替えを用意して、十五歩あるいて浴室に行く。そこで服を脱いで、湯加減をみて、身体を洗って、湯船に浸かって、出て、髪を洗って、おまけに顔も洗って、またまた湯船に浸かって、本を読んだり鼻歌のひとつも歌ったりして、もう一度出て、いろいろ流して、ついでにさっと浴室も洗って、さらに身体を拭《ふ》いて服を着て髪の毛を乾かして、そこでようやく入浴のすべてが終了するのだ。

膨大《ぼうだい》な作業量である。決して片手間にできることではない。それどころか人が生涯をかけて成し遂げなければならない一大偉業の感すらある。本当に私一人で可能なのか。志半ばで倒れたりはしないか。万が一そうなった時には、この清潔にかける意志を継いでくれる者はいるのか。考えれば考えるほど一歩を踏み出す勇気が出ない。

猫がいればなあ、と思う。猫さえいればすべてが解決する。猫こそが人の力であり、同時に人を救う存在でもある。飼っていた猫が死んでから十年以上、私はそう信じて私の内なる猫を育ててきた。内なる猫は最初こそ手のかかる子猫だったが、成長とともにその精神に神性を帯び、今では誰にも到達できないであろう高みに達している。

猫さえいれば、と風呂への遠い道のりを前に、もう一度私は思う。猫さえいれば、そのふかふかの手で部屋を片付け、布団を敷き、肉球をさわらせながら私の手を引いて浴室まで導いてくれるだろう。ぐずぐずする私に小さな牙《きば》を見せながら「にゃっ！」と叱ることもあるかもしれない。そう、私の内なる猫はそこまで成長したのだ。今や脳内において料理もすれば洗濯だってする。もうじき原稿も代わりに書いてくれそうだ。そこでは、肉体がないことなど、何の問題にもならない。なにより素晴らしいのは、

「猫さえいれば何もかもがうまくいくのに」

胸に湧くその願いがやがて、

「でも今はいないからとりあえず自分でやるか」

との思いへと昇華《しょうか》されることだ。解脱《げだつ》、と言ってもいいかもしれない。これこそが肉体の有無に左右されない猫の本質であり、私がいずれ大儲《おおもう》けを企《たくら》んでいる「猫さえいれば教」の核となる教えであるのだが、今日のところはこの話はここまでにしておきたい。

とにかく、内なる猫の力を借りて、ようやく私は起き上がった。

身体はすっかり冷え、ずっと横になっていたせいか頭がくらくらする。それでも内なる猫の導きにより、床に散らばる本を積み上げ端に寄せ、そして布団を敷いた。あとは十五歩あるいて浴室に行くばかりとなった時、私は重大な事実に気がついた。

十一時五十分。今すぐに風呂に入ると、確実に〇時をまたいでしまうではないか。そうなったら大変。浴室の鏡の中に血まみれの女の人が映るのだ。手が飛び出してくることもある。イギリスだかフランスだかアメリカだかで「本当にあった」ことだと、小学生の頃に読んだお化けの本に書いてあった。以来、私は〇時をまたぐ入浴は極力避けるようにしている。バカだからではない。先人の教えをないがしろにするような傲慢《ごうまん》な人間ではないからである。

その日も結局、読書の続きをしながら〇時を待った。一分でも過ぎると、これはもう大丈夫なのである。時計の針が確実に〇時を回ったことを確認してから、私は用意していた着替えを手に、ゆっくりと廊下を進んだ。十五歩。あっという間だが、ずいぶん長い道のりでもあった。それはもしかすると、寝て起きてロシアのことだけ考えたナポレオンより、意義深い三時間だったかもしれない。その点については、後世の評価を俟《ま》ちたいところである。

# 深夜にあいつの口を塞ぐ

父の部屋のテレビの音量が大き過ぎて近隣住民という名のおもに私に迷惑がかかっている件について、我が家では未《いま》だ完全な解決をみていない。

その音量は破壊的かつ暴力的である。夜、父の部屋からは、常に誰かの怒鳴るような声が聞こえている。その声は世界情勢を伝えている時もあれば、サッカーの試合を実況していることもある。先日はお風呂で湯船に浸《つ》かり、しみじみ自分の腹を見ていたら「痩《や》せたい、とお考えのあなた！」とはっきり私に向かって話しかける声が聞こえて、宇宙人が私の思考を読んで直接脳に語りかけたかと怯《おび》えたが、となりの父の部屋から漏れるテレビ通販の音声であった。

あれは心臓に悪いし、精神的にもダメージを受ける。もちろん何度か苦情を申し立てた。なにしろ夜通しなのだ。夜通しテレビが大音量で何かを訴えかけ、その声が部屋から遠慮なく漏れ出ている。まあ、今はまだいい。問題は夏である。夏になって窓を開け放つようになると、私以外の本物の近隣住民から苦情が寄せられかねないボリュームなのだ。

その懸念《けねん》を伝えると、

「わかったよ」

とは言うが、父の「わかったよ」が理解ではなく、「ひゃー、キミコが怒ってる。おっかないなあ。とっとと退散。くわばらくわばら」であることは、これまでの経験上、明白である。

実際、「靴下を丸めたまま洗濯カゴに入れる罪」「除雪の最中、周りに声をかけずに車を移動させて娘（私だ）を轢《ひ》き殺しそうになる罪」「食事中に使った醬油《しょうゆ》差しを食卓の真ん中に戻さず手元に置く罪」など、些細《ささい》なことからシャレにならないことまで、私から父への長年にわたる改善要求と、それに対する父の「わかったよ」の応酬《おうしゅう》は繰り返され、しかし未だに何一つ解決されてはいないのだ。

あ、いや、父の名誉のために言うならば、醬油差しの件については、ここのところ三回に一回くらいの割合で元の場所に自主的に戻すことが増えた。が、しかし、何十年にもわたって言い続けての、ようやくの三回に一回である。夜中のテレビに関してこれから同じだけの回数の苦情を申し立てるとすると、改善が期待される頃には、さすがの父もテレビを観たくても観られない場所にいるのではないかと思われる。

ならば、どうするか。私としても、今日まで手をこまねいていたわけではない。が、イヤフォンや補聴器使用の提案は、「煩《わずら》わしい」の一言であっさり拒否された。せめて寝る時はスイッチを消したらどうかとの意見には、

「だって夜中に目が覚めちゃうし」

との回答が寄せられた。夜中に目が覚めた時に、どうやらテレビに明るく優しく見守っていてほしいらしいのだ。さすが五男坊。甘えっ子か。というか、節電についてどう考えているのか、一度じっくり話し合ってみたいものだ。

いずれにせよ、父側からの積極的な状況改善は望めそうになかった。けれども、やはりテレビは何とかしたい。残された手段はただひとつ。実力行使である。父をあてにすることなく、自力でなんとか事態を変えねばならぬのだ。

もちろん、私とて鬼ではない。今朝も除雪の最中に突然車を動かした父に轢き殺されかけ、間一髪《かんいっぱつ》無事ではあったものの憤死《ふんし》しそうになり、「どっちにしろ死ぬのかよ！」と血圧上がりまくったが、それでも鬼ではない。夜中、父親の部屋に問答

無用で乱入し、いきなりテレビを消すような乱暴な真似はしたくない。自らの中に脈々と流れる「事なかれの血」に従って、できれば日本人らしく穏便に、なるべくなら当の父親にすら気づかれずに事を済ませたいと考えたのである。

かくして私の「あのテレビ最近喋り過ぎだからちょっと黙らせてやんぞ作戦」は、日々粛々《しゅくしゅく》と、かつ秘密裡《ひみつり》に実行に移されることとなった。

決行は、だいたい夜の〇時前後である。その頃になると夜の密度が濃くなり、と同時に家の中の静けさが増し、「え？ 壁が喋ってるの？」という鮮明さでテレビが話しかけてくるようになるのだ。

まずは、父の部屋の前に立つ。聞こえる声は日によって違う。アメフトの試合中のこともあれば、どこかの女に「助けてー！」と縋《すが》られることもあれば、外国の歌が流れていることもある。だが、何が聞こえようとも私の任務に変更はない。とにかくあいつらの口を塞《ふさ》ぐ。それだけである。

昨日は掃除機だった。父の部屋で、誰かが熱心に掃除機を売ろうとしていた。息をとめ、慎重に部屋の引き戸を開ける。開けた瞬間、それまで以上の大音量が、瞬時に耳に飛び込んでくる。覚悟はしていても、すぐさまテレビに駆け寄り、液晶画面を叩き割りたくなるほどの音だ。それをぐっとこらえ、ゆっくりと中に足を踏み入れる。

六畳ほどの部屋。入り口の右手にテレビがあり、正面奥のベッドで父が寝ている。よくこんなやかましいところで眠れるよな、と呆《あき》れて見ると、テレビに背を向けており、それは完全にテレビをうるさがっている人の体勢である。

うるさいなら消せよ！

心の中で軽くキレながらも、テレビの本体に手を伸ばす。

この時、リモコンを捜したくなるのが人情であるが、決してそうしてはいけない。リモコンというのは、たいてい眠っている人のそばにあるからだ。枕元や時には身体の下、あるいは新聞やハンドクリームや医者から「ほどほどにしておけ」と言われているお菓子をこっそり食べた包み紙の載ったサイドテーブルの上などだ。そこに近寄ると、父が目を覚ます確率が格段に上がる。

まずは手探りで本体横の主電源を捜す。やや大きめの突起がそれだが、これも当然押してはいけない。この場合、テレビを消すことは何の解決ももたらさないと知っておいた方がいいだろう。突然の静寂は人を起こし、「観てたのにー」というあのムカつく一言を呼び寄せる。否《いな》、たとえそうはならなくとも、「夜中に目が覚めちゃ」った父が、再びテレビのスイッチを入れた時、先ほどまでの大音量がそのまま流れることになるのだ。

そう、狙《ねら》うはあくまで音量ボタンである。ただ、残念ながらその音量ボタンがどれなのか、よくわからなかった。主電源のほかにもボタンは複数あり、その位置関係が暗闇の中ではまったく把握できないのだ。前回、うまく任務を遂行した時に押したのはどれだったろう。懸命に思い出そうとするも、記憶は曖昧《あいまい》である。というか、あの時だって半《なか》ばまぐれみたいなものだったのだ。

考えている間も信じられないほどのボリュームで、テレビの人にサイクロン式の掃除機を勧められる。だめもとで目を凝《こ》らしてみるが、暗がりの中でボタン表示が見えるはずもない。テレビというのは脇が甘い。前は照らすが、横に光は届かないのだ。

結局、爆弾の赤の線か青の線を選んで切るような気持ちで、適当なボタンを押した。

ズザーーーーーーーッ！

えらい勢いで、画面が砂嵐状態となり、思わず「ひっ！」と声が出た。おそらくチャンネルボタンを押してしまったのだろう。灰色の画面が荒れ狂っている。年末の大掃除もろくにできなかった身としては、ばかみたいな大声であてつけのように掃除機を勧められるのもつらいが、無意味なノイズもつらい。というか、父が目を覚ます気しかしない。慌てて来た道を引き返そうとボタンを連打すると、今度は押しすぎてしまい、

ズザーーーーッ

ズザーーーーッ

と延々砂嵐を行ったり来たりしはじめた。こ、これはダメだダメだダメだ。なんとか元のチャンネルに戻った時には、息が上がり、いやな汗をびっしりかいていた。な、何をやっているのか。も、もしや事態を悪化させているだけではないのか。挫《くじ》けそうになる気持ちを奮《ふる》い立たせつつ、呼吸を整え、祈るような気持ちで次のボタンを押す。と、

フッ

いきなり音が消え、画面が真っ黒になった。「え？　え？　何？　こ、壊した？　テ、テレビ壊しちゃった？」と再び慌てふためくも、画面に浮き出た「ビデオ」の文字を見て、入力切替ボタンを押してしまったと知る。ふいに訪れた静けさに一瞬喜びかけた心は、すぐに焦《あせ》りに変わる。「早く！　早くしないと！」もう一度言う

が、静寂も人を起こす。震える手で闇雲《やみくも》に入力切替ボタンを押し続け、元の画面に戻ってほっとしたのも束《つか》の間《ま》、すかさず流れてくる耳をつんざくような大音量。いや、そうだ、そうなんだけど、そうなるのはわかっていたはずなんだけど、もうどうしていいかわからない。静寂も人を起こすが、静寂の後の騒音も人を起こすのだ。

とにかく、とにかくこの音を小さくしなければ。パニックの中で自分に言い聞かせる。大丈夫、残るボタンは音量ボタンだけ。これですべてが終わるはず。救いを求めるような気持ちでそこを押すと、なんということでしょう。なぜか画面の音量バーが右側に流れていき、つまりはどんどん音が大きくなっているではないですか。

地球が！　割れそうな！　声で！　掃除機を！　勧めている！

「うわあああああ」

声にならない声をあげて、それでもなんとか音量調節を終えた時の記憶は実はあまりない。我に返ると、私はぐったりと疲れていた。異様な疲労感の中、おそるおそる父を見る。

今度こそは起こしてしまったのではないか。しかし、父の背中は動いてはいない。安堵《あんど》、そして湧《わ》き上がる不安。これだけの騒ぎで起きないということは、もしかすると寝ているのではなく、死んでいるのではないか。死んでいる父の横で、私は何も知らずにテレビ相手にじたばたしていたのではないか。

今までとは違った種類の緊張が走る。息を凝らして父を眺めると、ゆっくりと呼吸に合わせて背中が上下しているのがわかった。よかった。生きている。生きて、眠っている。つまり私は勝ったのだ。混乱の中、父にも、父の発する理不尽な音の暴力にも勝ち、無事に任務の遂行を果たしたのだ。

感激が胸に広がる。頰に笑《え》みが浮かぶ。小さく拳《こぶし》を掲げる。が、喜びはそこまでだった。湧き上がる勝利の思いは、すぐに屈辱へと変わった。部屋を出ていこうとした私に、寝ていたはずの父がこちらを向いてにやりと笑い、

「はい、ご苦労さんでしたね」

と声をかけたからである。

今、私は屈辱と敗北感にまみれてこの原稿を書いている。私の闘いはこれからも続く。いつか完全に任務を遂行し、父の部屋から漏れ出るあいつらの口を塞ぐ日まで、決して終わることはない。

# ぞるぞる

先日、外でお酒を飲んで帰ってきて「もう私もいい歳なんだからこういうことは本当にやめよう」と思いながらも、どうしてもラーメンが食べたくなり、戸棚からカップ麺を取り出し、お湯を沸《わ》かし、スープの素をテーブルにこぼしつつ投入し、お湯を注いで三分待っている間に力尽き、そのまま寝てしまった。

目が覚めたのは二時間ばかり経った後で、その時には正直、もうラーメンなんて全然食べたくなかったが、食べ物を粗末にしてはいけないという先祖代々の教えが呪いのように沁みついている年代なので、仕方なく箸《はし》を取り、ぞるぞると麺をすすった。

口にしたカップ麺は、温度を失い、汁気を失い、私が望んでいたものとも、おそらくは製造元が狙《ねら》ったものとも違う新たな食感を醸《かも》し出し、かといってそれが新し

い発見として気持ちを湧き立たせるかというとまったくそんなことはなく、食べているうちにしみじみ「飲み過ぎの頭で夜中の三時にもわもわと膨《ふく》らんだカップ麺を食べるおのれの人生」というものについて考えさせられる仕上がりになっている。

一言で形容するなら、「駄目」である。「不味《まず》い」や「ぬるい」や「こしがない」などという、たとえ後ろ向きであったとしても、食べ物を評するにふさわしい言葉を用いる段階をとうに過ぎ、脱いだままソファに放り投げてあるコートだとか、白々《しらじら》としたLED照明だとか、むくんだ瞼《まぶた》だとか、しんとした家の中だとか、景気づけにスイッチを入れたものの何をやっているのかさっぱりわからないテレビの深夜番組だとか、そうした周囲の状況すべてを包括した生きる姿勢としての「駄目」である。

その「駄目」の圧力を少しでも和《やわ》らげようと、ストーブの上の薬缶《やかん》から熱いお湯をカップに注いでみたところ、予想を上回る量がみるみる吸い込まれていき、止め時がわからないままどんどん注ぎ続けていたら、今度はいきなり溢《あふ》れてしまった。膨れ上がった麺でいっぱいになったカップの中には隙間《すきま》というものが存在せず、目視による「そろそろかな」という様子窺《うかが》いが不可能になっていたせいだが、そんな思いをしながら足したお湯は、いくら混ぜようともスープというよりはほぼ白湯《さゆ》で、やはり一度冷めてしまったものはどれだけ熱い湯を注いだところで簡単には元通りにならないと、世の中の厳しさを思い知らされた。

昔、JR奈良駅のベンチで、

「どうしてよ。昨日まで仲良くしてたじゃない」

と涙声で訴える若い女の人を目撃したことがあって、泣き出しそうな彼女とぎょっとする通りすがりの我々の視線の向こうで、訴えられている恋人らしき男性が能面のような表情で手元のガイドブックに目を落としており、この人は心を閉ざすためにそうしているだけであって、まさかこんなにややこしい事態を招いていながらまだ観光を続ける気じゃないだろうなと他人事《ひとごと》ながら思っていたら、数十分後、東大寺前で鹿にせんべいをやっている姿を偶然見かけた。あ、観光したんだ……とどこか感心しながら眺めていると、せんべいを差し出す彼の周りには鹿ばかりが集まってきていて、連れの女性の姿はどこにもなかった。

その時のことを思い出し、一度駄目になった仲は観光という熱湯を注いでも元には戻らないのだ、こうして私が食べているカップ麺もそれと同じだと納得したのだが、冷静になってみると全然違う話のような気が今はしている。

お湯を注いだことでカップ麺の状況が好転することはなかったけれども、そんなことを考えながらぞるぞるぞると麺をすすっているうちに、ふいに「ドラえもんのラーメン」のことを思い出したのは懐かしかった。ドラえもんのラーメンというのは正式名称ではなく、子供の頃の私が心の中で勝手に呼んでいた名前であり、さらにいえば、ドラえもんのラーメンという呼び名が自分自身に定着する前には、「テレビに出てくるあのラーメン」と名付けていたものである。昔の漫画に登場した骨付き肉のことを「あの肉」と呼ぶ習《なら》わしのようなものがあるが、そういう意味での「あのラーメン」と考えてもらってかまわない。

子供の私にとって、あのラーメンは特別なものに思えた。しかし、どこがどう特別なのかは当時の貧弱な語彙《ごい》ではうまく表現できず、それをもどかしく思いつつも、あのラーメンを食べてみたいという望みだけは親には何度か伝えた。親はその都度《つど》「わかった」とこたえ、実際に食べさせてもくれたのだが、私の期待とは裏腹に、それは毎回ごく普通の家庭用生ラーメンであり、あるいはごく普通のお店のラーメンであった。美味《おい》しいか美味しくないかといえばとても美味しく、にこにこ笑いながら「美味しい？」と尋ねる母親にも「美味しい」と嘘偽りない気持ちでうなずいてみせたものの、あのラーメンの魅力は「普通とはどこかが違う」ところにあるのだから、やはり普通では駄目なのだとも思った。

となる。テレビにあのラーメンが登場するのを待ち構えては、食い入るように見つめ、日頃自分の食べているラーメンとどこが違うのかを観察した。たしか同じような頃に、来る日も来る日も河童《かっぱ》の絵ばかり描いていた時期が私にはあり、自分でも河童に取り憑《つ》かれたのではないかと不安になったのだが、それと同じ熱心さであのラーメンを追った。どこかが病んでいたのかもしれない。

当時はまだグルメ番組というものはなく、いや、あったかもしれないが、たとえあったとしてもそういった料理がメインの番組にあのラーメンが登場することはなく、ではどこに登場したかというと、主にドラマや映画、たまにコントなどの消えものの小道具として姿を見せていた。特にお気に入りだったのは屋台のシーンで、冬の夜に捜査帰りの刑事か誰かが屋台に立ち寄ってラーメンをすする時のあのラーメンは、数あるあのラーメンの中でもとりわけ「あの度」が高くなるように思えて胸が高鳴った。

あのラーメンが、決して凝《こ》ったものではないのは、子供の私にもわかっていた。器は縁《ふち》にぐるぐる渦巻き模様のある「オバQの小池さんのラーメン丼」だったし、具といえばせいぜいメンマとナルトとチャーシュー程度である。たまにネギがのっていたこともあったが、ネギは嫌いだったのでこれはなくてもいいなと思っていた。ネギの有無が「あの度」に影響することはないことを直感で理解していたのかもしれない。

執拗《しつよう》な観察を続けているうち、一見ありきたりのあのラーメンにもいくつかの特徴があることが摑《つか》めてきた。まず、麺は太い。サッポロラーメンの縮《ちぢ》れ細麺と比べるせいもあるのかもしれないが、ちょっとしたうどんのように見えることもあり、さらには麺自体に茶色っぽい色がついているのが珍しかった。麺の量は総じて多く、一方、スープは少なく、箸で麺を持ち上げると、調合に失敗した魔女の薬みたいな弱々しい湯気がぼわりと立ちのぼるものの、それが全体を左右するほどの力強さを有していないのは明らかだった。

ただ不思議なのは、そんな風にぐったりとした印象のあのラーメンを食べている人たちが、たいていは大きく頰《ほお》を膨《ふく》らませてふーふーと息を吹きかけたり、時には「熱《あつ》っ」などと声を出したりしていることで、湯気は立っていないのに熱々とはどういうことかと訝《いぶか》しく思うことが増え、と同時に、いや、だからこそあのラーメンは特別かつ魅力的なのだと、事ここに至ってようやくあのラーメンの真の魅力に気づくことができた。死んだみたいに見えながら、その実いきいきと美味しいという意外性に惹《ひ》かれたのである。

しかし、疑問を自力で解決して安心したのもつかの間、私の前に次なる問題が立ちはだかり、それはどこに行けば不思議なあのラーメンが食べられるかということだが、この点に関してはある日の母親の一言がきっかけで解決をみた。例によってテレビの前であのラーメンを凝視《ぎょうし》している私の横を母が通りかかり、こう言ったのである。

「あら、のびたラーメンだね」

「え?」

聞き返した時には母は既に立ち去っていたので、不本意ながら私は一人で何度も母の言葉を反芻《はんすう》することとなった。

のび太ラーメン。

何度思い返しても、確かに母はそう言っていた。一体どんな意味なのか、どうして突然のび太が出てくるのか、そもそもなぜドラえもんではなくのび太なのか、なかなか整合性のある答えは見つからなかったが、悩みに悩んだ結果、これはドラえもん的なラーメンとの意味であり、つまりドラえもんが漫画の中にいるように「テレビの中だけに存在する特別な存在」なのだと自分を納得させた。なぜのび太であってドラえもんではないのかという件についてさえ考えなければ、多少強引ではあったが理屈は通っており、だんだんそれ以外に正解がない気すらしてきたものである。

そうして、あのラーメンのことを「ドラえもんのラーメン」と呼ぶ時代が訪れた、それは「麺がのびる」という概念を獲得するまで続いたのだが、実際のところ、麺がのびることを知った後でもドラえもんのラーメンへの憧憬《しょうけい》が完全に消えたわけではなかった。心のどこかで「大人になったら、ドラえもんのラーメンに出会えるのではないか」と思っていたふしもある。

お湯を注いでから二時間経ったカップ麺を食べながら、ふと当時のことが頭をよぎり、「これもある意味、ドラえもんのラーメンといえなくもないのではないか」と、冷めて膨らんだカップ麺にふーふーと大げさに息を吹きかけ、「あちあち」などの小芝居を打ってみたものの、圧倒的な「駄目」の前では気恥ずかしさと虚《むな》しさだけが募る結末となった。最後は無言で食べ終え、不本意に満腹になってしまったお腹を抱えつつ、「食べたくないものを食べても人は太るのか」をネットで検索しようと思ったが、ドラえもんのラーメンの謎を懸命に追って、間違ってはいたとしてもとうとう自力で答えにたどりついた昔の自分に敬意を表して、一人で考えるこ

とにした。すぐに、

「太るに決まっている」

との答えが出たので、絶望に包まれて眠った。食べてすぐ寝るのも駄目の一環だと思ったが、手遅れだった。

# 失踪の果て

数日前、我が家の収納棚から鍋の蓋《ふた》が一つ消えた。

このような事態を迎えて初めてわかったのだが、人が鍋の蓋について語るのは思いのほか難しい。たとえば、これが本体ならば簡単なのだ。

厚手のしっかりした片手鍋で、色はつや消しのシルバー。安定性が高く、吹きこぼれにくいデザインの、なかなか使い勝手のいい鍋だ。

ずいぶん重宝《ちょうほう》していた。本格的な料理にはやや小さく容量も足りなかったものの、お昼ごはんに一食分のスープを作ったり、青菜を軽く湯がいたり、あるいは夜中にラーメンをこっそり茹《ゆ》でたりする時には、申し分のない働きをしてくれた。片手鍋はほかにもいくつかあるが、私も母も妹も、その鍋が一番のお気に入りだった。父だけは、なぜか底がぼこぼこになって、すぐにひっくり返る別の片手鍋を愛用していて意味がわからないが、まあ、何事にも少数派は存在するということだろう。

だが、それは鍋本体であって、蓋ではない。我々が蓋について語れることは非常に限られている。現に私がその蓋についてはっきりと言えるのは、たった一つのことである。

銀色のベレー帽によく似ている。

そう、鍋の蓋には盾《たて》に似ているタイプと、ベレー帽に似ているタイプがある。

紛失に気づいた当初、私は鍋の蓋を失《な》くした人間として、最初に為《な》すべきことを確認した。つまりは棚の奥を覗《のぞ》き、食器カゴの中を点検し、作業テーブルの上を確認した。そのどこにも蓋の姿は見当たらなかったが、夕食の支度の最中で時間に追われていたせいもあり、さほど気に留《と》めなかった。事態を簡単に考えすぎていたのではないか、と言われれば確かにそうかもしれない。もしこれが鍋本体であったならまた異なる展開となったのではないか、という意見にも首肯《しゅこう》するしかない。だが、幸か不幸か蓋であった。蓋だけがあるべき場所から消えていた。

私は既に水を張ってしまった鍋本体に、一時しのぎに別の鍋の蓋を被《かぶ》せ、ガスコンロに載せた。同じシルバーだが、つや消しではないタイプの、盾に似た蓋だ。私が鍋の蓋に関して言えることがもう一つだけあるとしたら、それはこういうことである。

ベレー帽タイプより、盾タイプの方が汎用性《はんようせい》は高い。


人間の記憶というものは、なんと儚《はかな》いものだろう。どれだけ考えてみても、最後に鍋の蓋を見た時のことは思い出せない。紛失に気がつく前日だったか、前々日だったか、あるいはもっと前か、そしてその時、鍋を何に使っていたのか、余った味噌汁《みそしる》を移し替えたのだったか、雑煮《ぞうに》の餅《もち》を茹でたのだったか、あるいは単に湯を沸《わ》かしたのだったか。考えれば考えるほど真実は曖昧《あいまい》になり、そのどれもが正解のようでもあり違うようでもあった。

だが、いくら思い出せずとも、実際、鍋は使われたのである。使われ、洗われ、片付けられた。そして、そのどこかの段階で蓋が消えた。動かしようのない現実を前に、私は失くした蓋がすぐには見つからなかった人間として、次に為すべきことをした。つまりは捜索範囲を広げたのである。食卓テーブルの上も下も点検した。食器棚から食品棚まで、台所のすべての棚を確かめた。念の為にゴミ箱も検《あらた》めた。納戸《なんど》も確認し、電子レンジも開けた。シンクの横や冷蔵庫の裏を覗き込んだ。およそ鍋の蓋が紛《まぎ》れ込みそうなところはすべて目《もく》視《し》した。だが、やはりどこにも蓋の姿はない。私は再び考えた。

この時点で検討されるべきは、さらなる捜索範囲の拡大である。しかし、同時にそれは覚悟の問題でもあった。私は一体どこまで蓋を追うのかという覚悟。

台所はまあ当然であろう。鍋の本拠地だ。茶の間もここはいいとしよう。なにしろストーブがある。ストーブに鍋をかけた時、蓋だけひょいと置き忘れることもないわけではない。ならば客間はどうか。客間で床《とこ》の間《ま》の掛け軸をめくりながら、

「どうしたの？」

「いや、ちょっと鍋の蓋を捜してて」

などと母親と会話を交わす覚悟は私にあるのか。あるいは、廊下は、風呂場は、玄関は、家族の個室は。一体、人は鍋の蓋を追ってどこまで進むべきなのか。私はそこまであの鍋の蓋を欲しているのか。

わからなかった。私は私の中にある鍋の蓋への思いをつかみかねていた。正直に

告白すれば、そもそもそれまで鍋の蓋について真剣に考えたことなどほとんどなかったのだ。鍋の蓋は鍋の蓋であって、それ以上でもそれ以下でもない。いつも鍋本体のかたわらにそっと佇《たたず》んでいて当然の存在だったのだ。

結局、私は台所以外の捜索を打ち切った。現実的に考えて、たとえば今後、湯船の中から鍋の蓋が現れることはほとんどないだろうと思われたからだ。私は確かに鍋の蓋のことなど、何も理解していない。しかし、鍋の蓋が風呂に浸《つ》かる可能性が低いことくらいはわかる。

広域捜索を打ち切った後も、私は鍋の蓋のことを忘れたわけではなかった。ほとんどまともに向き合うことはなかったとはいえ、十年以上の長きにわたり、煮炊きの現場でともに過ごしてきた仲である。思い返せば、触れただけで火傷《やけど》しそうなほど熱くなった時も、私の足の指を折らんばかりの勢いで棚から落ちてきたこともあった。意識したことがなかっただけで、私たちは常に生身の存在として触れ合っていたのだ。その蓋をあっさり諦められるほど、私は薄情な人間ではない。

日に三度、台所に立つたび、鍋の蓋のことが頭をよぎった。照れくさそうな顔でひょっこり顔を見せないものかと、収納棚の扉を開け閉めしてみた。一度や二度ではない。何度もそうしてみた。だが、やはり鍋の蓋は現れなかった。ついに私は認めざるを得なかった。消えたのだ。

鍋の蓋は忽然《こつぜん》と我が家から消えた。

鍋の蓋が消える理由については、一般的に次のことが考えられる。

一、どこかに紛れ込んだ

二、何者かが持ちだした

三、自発的に家を出た

もっとも可能性が高いのが、「一」であることにほぼ異論はないだろう。私も当初からそこに重点を置いて捜索を行ってきた。だが、今回に限っては、残念ながらそれは否定されたといっていい。実際、考えうる限りの場所を捜したにもかかわらず、未《いま》だ鍋の蓋は見つからないのだ。

「二」については、では一体誰が持ちだしたのかという問題がある。犯人探しなどという物騒な真似はしたくないが、我が家の場合は、ほぼ百％の確率で父だ。なにしろ実績というか前科がある。ガムテープ、爪切り、ハンドクリーム、包丁。今まで行方不明になっていた数々の品が、父の部屋で発見された。包丁はリンゴでも剝《む》いたのかと思ったら、小包のビニール紐《ひも》を切るのに使ったと聞かされて、「ハーサーミーのたーちーばーはーよー」と自分の中から地獄の主みたいな声が出て驚いたものである。

ところが、今回ばかりは違った。父の部屋を捜索したところ、どこにも鍋の蓋は見当たらなかったのである。なるほど、たしかに部屋にまで持ち込むとしたらこの鍋の蓋ではなく、底がぼこぼこになったお気に入りの方だろう。

となると、残るは「三」であるが、さすがの私もこれには些《いささ》か抵抗がある。それはそうだろう。鍋の蓋が自発的に出て行ったということは、即《すなわ》ち我が家での暮らしが嫌になったということなのだ。十年余りの年月をともに過ごした私としては、そんな寂しい話はない。今更どうしたっていうの、と肩を揺さぶりたい気持ちだ。

が、事ここに至っては、家出と考えるしかないのもまた事実だった。認めるしかない。悲しいかな、鍋の蓋は我が家から自分の足で出て行ったのだ。

鍋の蓋が自発的に家を出る理由については、一般的に次のことが考えられる。

一、待遇に不満がある

二、自分探し
三、人間関係のもつれ
「一」については、さほど問題があったとは思えない。使った後はきちんと洗い、きちんと片付けた。我が家は食洗機を導入していないので、すべて手洗いだ。行き届かない面もあったかもしれないが、やれることはすべてやった。もちろん、火にかけたり水に浸けたりしたこともあった。あったが、本来鍋とはそういうものだろう。しかも火にかけられるのは蓋じゃない。本体なのだ。

いや、だからこそ、ということも考えられる。鍋の一部でありながら、煮炊きには参加できないおのれの存在意義を見失い、自分探しの旅に出たのではないか。鍋とは何か。そして蓋とは何か。悩みつつ、もしかするとベレー帽への道を目指したのかもしれない。誰かの付属物としての蓋ではなく、独立した存在としてのベレー帽として生きたいと望んだのではないか。

そうだとすると、私が悪い。何度か蓋の前で口にしたことがあるのだ。「ベレー帽そっくり」と。「世が世なら帽子として生きていたのかもしれないね」と。

むろん軽い冗談だった。いくら似ているとはいえ、鍋の蓋がベレー帽として生きられるはずがないのである。しかし世間知らずの鍋の蓋に、それが冗談だとわかるはずもまたないだろう。おのれの形状のみに目を奪われ、本質を見誤った愚かな行為ではあるが、蓋にとっては希望だったのかもしれない。

後悔の念が押し寄せた。もしベレー帽としての第二の人生を望んでいたとしたら、それは無理だと諭《さと》してやるべきだった。冷たくて固くてサイズが微妙。おまえは一生ベレー帽にはなれないのだ、と私が言ってやるべきだった。いわんや盾をや、と。

一人の有望な鍋の蓋の将来を台無しにしてしまった現実に、胸が痛んだ。今頃、あの鍋の蓋はどんな気持ちで、世間の厳しさと向き合っているだろう。私を恨《うら》んではいないだろうか。

相棒である蓋を失った本体にも申し訳が立たなかった。見れば本体は今、シンクの上で間に合わせの蓋を被せられてじっとしている。中にはロールキャベツ。ずっとああして借り物の蓋を被って過ごすのだとしたら、本体の人生をも私はつぶしてしまったことになる。なんということをしてしまったのか。

せめてもの救いは、その借り物の蓋との佇まいが、さほど不自然ではないことだ。そう、悪くはなかった。丸みを帯びた本体にフラットな蓋。それまでの手鞠《てまり》を思わせる蓋との一体感とはまた別の、新しい可能性がそこにはあった。

と、その時である。脳裏にまさかの「三」の可能性がひらめいた。

……三角関係のもつれ？

本体と別の蓋との意外な相性のよさは、なるほど昨日今日のものではないように見える。つや消し本体とつやあり蓋と、そのちぐはぐさがある種の味になり、なんとも印象的な雰囲気を醸《かも》し出している。考えてもみてほしい。あの狭い棚の中である。何が起きても不思議ではない。彼らの不適切な関係を知った鍋の蓋が、たまらず家を飛び出したのだとしたら、謎《なぞ》はすべて解けるのだ。

もしそれが真実なら、残念ながらもう二度とあの蓋が戻ることはないだろう。見れば見るほど、新しい蓋と本体の組み合わせは絵になっている。幸せそうにすら映る。だが、それはもう一つの不幸の始まりでもある。なぜなら、この蓋にも本来の相棒がいるからだ。

彼もしくは彼女は今回の事態をどう受け止めているのか。心中、察するに余りあるが、いずれにせよ、鍋たちの決めたことだ。持ち主である私はただそれを受け入れるしかない。

彼らの間に子供がいなかったことだけが幸いである。

# 見つからない仲間

三ヶ月ほど前から、台所の食卓テーブルの下に、スリッパが一足ぽつりと置かれている。

白と黒の縞《しま》模様で、モコモコしているのは冬用だからだ。いくら北国といえども春の気配の色濃い今の時期、あのモコモコはさすがに暑苦しかろうと思うが、だからといって夏用に取り替えるという話でもない。そもそも何ヶ月にもわたってそんな場所にスリッパが置かれているのがおかしいのであって、季節に合わせた衣替え云々《うんぬん》の話ではないのである。

スリッパはある日突然出現した。出現させたのは父である。

話は少し長くなる。父は去年の暮れに腸に良性ポリープが見つかり、今年のはじめに入院して手術を受けた。といっても内視鏡での切除であるから三泊四日、術前の下剤を自宅で飲むなら二泊三日でオーケーっすよ、というわりとのんびりした感じの手術である。

父は三泊四日のコースを選んだ。検査時の下剤服用の際に、「何度手順を説明してもことごとくそれを無視し、なぜかやってはいけないことをやり、そのくせやらなくてはいけないことはやらず、あまつさえ途中でどこかに姿をくらます」父と、結果としてその父につきっきりで丸一日小言《こごと》を言う羽目になった私と、なんだかよくわかっていないが時流に乗ってせわしなくうろうろする母の三《み》つ巴《どもえ》で家庭内の雰囲気が荒れ、もう一度同じようなことがあった場合には、なにかしらの事件に発展しかねないとの懸念《けねん》が無意識のうちに、「下剤は病院で」との決断となったのだろう。さすが年の功。自らの築いた家族の性質をよく知っている。

のんびりした手術とはいえ、手術は手術であり入院は入院であるから、準備が必要である。病院の指示どおり、洗面用具や日用品を母と私でいくつか揃《そろ》えた。ふだん使っているのをそのまま持たせるのはなんとなく気が引けたので、できるだけ新品を買ったが、ほとんどを近所の百円ショップとホームセンターで賄《まかな》ったことから、むしろ病棟で「百円さん」と陰口を叩かれそうな品揃えになってしまった。それもまた気の毒で、品物を選ぶ手が躊躇《ちゅうちょ》することもないではなかったものの、そのたびに「まあどうせ三泊だし」という気持ちが打ち勝った。つまり父は、自分のための入院用品がグレードアップした時には、入院の長期化を疑った方がいいということである。

その中に件《くだん》のスリッパもあった。白と黒の縞模様の冬用スリッパである。ただしスリッパの名誉のために付け加えるなら、値段は百円ではない。ホームセンターの三百円の方である。

それらを携《たずさ》えて、父は堂々入院した。「百円さん」と呼ばれたかどうかはわからない。が、懸案《けんあん》の下剤の件については、いくら病院であっても、やはりそれなりに大変だったようだ。本人としてはかなりの苦闘だったらしく、しかしそれでも手術前に病室を訪ねた母と私に向かって、一夜にして身につけた「お便」という病院用語を駆使《くし》し、自分がいかに頑張り通したかをとくとくと語ってみせる姿は、こころなしか輝いて見えた。

「一晩中、お便でお便で」

英雄的な闘いを最後そう締めくくり、父は内視鏡室へと向かった。角を曲がってその姿が見えなくなっても、「いやあ、おれ、痛いの嫌だからさ、麻酔しっかりやってね。頼むよ。おれ、痛いと死んじゃうから」と看護師さんに訴える英雄の声だけが廊下に響いていた。

その後、無事に切除手術を終え、父は五泊六日の入院生活から帰還した。なぜ、いきなり二泊増えているかというと、術後に出血があったからである。それ自体はままあることらしく、幸いにも大事には至らなかったのだが、そうこうしているうちに週末に入り、退院が週明けまで延びる事態になってしまった。三泊の予定が六泊。まあ仕方がない、そういうこともあるだろう、歳も歳だし、ここはきちんと経過を見てもらって、と思いきや、それを知った父は「え？　だってもうおれ治ったもん」という発言とともに、一日を残して半ば強引に退院してきてしまった。日曜日なので入院費の精算はできず、後日支払いに行かねばならないというおまけ付きである。

なぜそんな勝手なことをするのか、もし家で何かあったらどうすればいいのか、支払いは誰が行くと思っているのか、というかあなたの今日の分の夕飯は用意していないけれども何を食べるつもりか。

タクシーで突然帰ってきた父に向かって再び小言マシンとなった私と、時流に乗って「だいたいお父さんはいつもテレビつけっぱなしで寝るし」などと便乗小言を繰り出す母とで、我が家はまたもや殺伐《さつばつ》とした雰囲気に包まれた。英雄はたちまち地に墜《お》ちたのである。

本人に確かめたわけではないが、父はなるべく早くこの自主退院の件をなかったことにしようと企《くわだ》てているようだった。話を蒸し返され、女房子供から何度も「思い出し小言」の攻撃を受けるのはたまったものではないと考えたらしい。気持ちはわかる。同じ立場なら私だっておそらくそうするだろう。退院してきた日、そそくさと部屋に持ち込んで我々の視界から隠した入院用品も、父は誰も見ていない間にこっそり片付けてしまおうと考えたようだった。

それ自体は決して悪いことではない。むしろこちらの手間も省《はぶ》ける最善手であるが、しかし父にとって不幸なことが二つあった。

一つは、入院用品のほとんどが、新品もしくはふだん使わないもので構成されていたことである。見覚えのないそれらのものを一体どこへしまったらいいのか、父でなくともなかなか判断しづらい状況になってしまっていた。

二つ目が、父の抱える分類問題である。あ、いや、別に抱えてはいないが、どうも父は日頃から独自の微妙にずれた分類法に拠《よ》って生活しているように見受けられる。彼にとって餅《もち》は「肉でも魚でもないから野菜」であり、また、以前別のところでも書いたが、ごみを「硬いもの」と「柔らかいもの」に無意識のうちに分別している。ビニール袋は柔らかいから燃やせるごみ（正解はプラスチックごみ）、木箱は硬いから燃やせないごみ（正解は燃やせるごみ）、さらにゴミの分別法が変わって「雑がみ」というカテゴリーが発生した今は、その「雑がみ」入れに、サランラップの切れ端やアルミホイルを手当たり次第放り込んでしまう。咎《とが》めると、

「だってこれ薄いべさ」

と、「薄いもの」という新たな分別概念が発生したことを公表した。

今回の入院グッズに関しても、その分類にかなり迷った節《ふし》がある。それが判明したのは、ある日突然、家の中の複数箇所に微妙に「ずれた」物が置かれていたからだ。

最初に目についたのは、歯磨きセットである。コップと歯ブラシと歯磨き粉。それが台所のシンクの上に忽然《こつぜん》と現れた。父が病院に持って行ったものであることはすぐにわかったが、なぜ食器用洗剤の横に並べられているのかがわからない。

しばらく考えて、ふと、片付け場所に困った父が、「仲間のいそうなそれっぽいところに置いた」のではと思い至った。

なるほど、そう考えると納得はできないが、理解はできる。不思議なのはなぜ洗面所ではなく台所なのかということであり、「自分だってこの家建ててから一度だって台所で歯磨きしたことないでしょう」と思うのだが、これはおそらく「コップ」の仲間がたくさんいるところを探したのではないかと推察された。あと「水」。ほとんどの人が「歯ブラシ」を全面に押し出したくなるだろう場面で、「歯磨きには水を使うから水っぽいところ。あとコップがたくさんあるところ」というオリジナリティあふれる分類法は、まさに父の面目躍如《めんもくやくじょ》である。

洗濯洗剤入れからは石鹸《せっけん》箱が発見された。もちろん「汚れを落とす仲間たち」である。我々凡人ならば、歯ブラシセットと一緒に「洗面用具」として分類してしまいたくなるところだ。しかし、父は逃げない。易《やす》きに流れそうになるところをぐっとこらえ、原理原則に従ったあたりに、分類人（何だそれは）としての矜持《きょうじ》がかいま見える。しかもコップと石鹸箱は百円ショップでお揃いで購入したものである。まるで夫婦のようにぴったりお似合いの二人を引き裂いてまでの「汚れを落とす仲間たち」探し。目にした時には、思わず「生き別れかよ……」と声に出たものである。

その後も、家のあちこちから、同じように仲間探しをしたと思《おぼ》しき物たちが現れた。

洗面所の床の上には、「洗面仲間」を探したのであろう洗面器が置かれていた。この場合の正解は納戸《なんど》の物入れであり、次点は風呂場であるが、あながち間違いともいえないところに逆にもやもやを誘発された。「もっとちゃんと仲間を探してあげてよ！」という気持ちに一瞬なったのが、我ながら恐ろしいと思った。

水仕事を終えて手を拭《ふ》こうとした時には、タオル掛けにかかった布巾《ふきん》に気づいた。いうまでもなく「布仲間」である。見つけた時には、さらしの布巾を手拭きタオルと同等に扱うところにまず驚き、さらに手拭きタオルの上に重ねて布巾を掛けたところにも、何か揺るぎない意志のようなものを感じて動揺した。というか、タオル掛けに二枚の布を掛ける時、「満員だ」と思わなかったのだろうか。

その水仕事の最中には、台所の水切りカゴから箸箱《はしばこ》が現れた。箸立ての部分にズボリと差してあったため、珍しく気を利《き》かせて洗ってくれたのかと思ったが、もちろんそんな形跡はなく、しかも中に箸が入ったままだった。振るとカラカラと音がする。完全に収納場所としての水切りカゴ利用である。引き出しには本来の置き場所である箸コーナーが設けられ、さらに食器棚の中には箸立てもあるというのに、敢《あ》えて水切りカゴを収納と捉《とら》えて箸箱を差す父。これは洗った食器を放置したまま自然乾燥させてしまう私への抗議だろうか、と疑ったりもしたが、おそらくは単にもっとも目につきやすい箸の仲間を探した結果なのだろう。

　ほかにも、ポケットティッシュ（ボックスティッシュの横にそっと寄り添わせていた）、大学ノート（電話脇のメモ帳の上に重ねてあった。大きさ違うだろう）、スプーン（キッチンペーパーに包んであったせいかキッチンペーパーの上に置かれていた）など、家のあちこちで私は父の仲間探しの痕跡《こんせき》を目にすることとなった。そのぶれない姿勢と、徹底した仲間探しの精神。一見めちゃくちゃに思える父の分類法に、徐々に感動すら覚えるようになってきた頃、ついに私の目にあれが飛び込んできたのである。

　スリッパ。

　スリッパは食卓テーブルの下にひっそりと置かれていた。食卓テーブルといっても、そこで食事をとることはほとんどない。冬の寒さが尋常ではなく、テレビも見られないからだ。今では座る人もなく、もっぱら料理の作業台として使われているそのテーブルの下にスリッパが一足。気がついたのがいつだったのか記憶していないが、それを目にした時、胸に浮かんだ強い思いははっきりと覚えている。

「仲間がわからない」

これが玄関なら理屈は通る。履物《はきもの》仲間だ。実際、父は履《は》きやすいからという理由でスリッパ履きで家の周りをうろうろし、「徘徊《はいかい》っぽいって！」と私に叱られた過去を持つ男である。そこにスリッパの仲間を見つけるのは容易《たやす》いだろう。いや、廊下でもいい。廊下にはスリッパ立てがあり、皆そこでスリッパを脱いで出かけていくからだ。

しかし現実にはスリッパは台所、それも食卓テーブルの下にあった。それがどうにも解《げ》せなかった。面倒になってあまり人目につかないところに放置したのかとも思ったが、今まで誠意とすら呼んでいいほどの実直さで仲間探しをしてきた父を知っている者としては、到底納得のいく話ではない。

何か理由があるはずだ。スリッパを食卓下に配置した理由があるはずなのだ。

自分でも思いがけない熱心さで推理を巡らせるも、しかしなかなか答えは出ない。台所の床の上には物はほとんど置かれていない。唯一考えられるのはキッチンマットとの「足で踏まれる仲間」だが、もしそうだとしたらテーブルの下ではなくマットの上に置くだろう。

結局、父の仲間探しの軌跡《きせき》を追う旅はスリッパの登場により、志半ばで頓挫《とんざ》してしまった。そのせいかどうか、スリッパを片付ける気は起きず、テーブル下を掃除するたびに、邪魔だ邪魔だと言いながら、そのまま再び元の場所に戻してしまう日が続いている。

今日もスリッパは食卓テーブルの下にある。季節外れのモコモコ姿で、ぽつりと置かれている。寂しそうなその姿を見るたび、早く仲間を探してあげたいと、私の胸は痛むのだ。

# ある神様からのメッセージ

　その日私は、偉大なるインターネットの神様のお導きにより、ストリートビューの世界を、ひとり歩き続けておりました。飲み会の会場までの道順を調べようとしただけなのに、いつしかそういうことになってしまっていたのです。

　しかもその飲み会は、仕事の都合により欠席が決まっていたもので、つまり私が会場を知る必要などどこにもない種類のものでした。いえ、それ以前にそもそもパソコンを開いたのは、飲み会欠席の原因ともなった溜《た》まった仕事を片付けるためでした。

　それが、どうしたことでしょう。気がついた時には、私はストリートビューの世界を延々とさまよっていたではありませんか。一体何が起きたというのか。私はどこへ向かっているのか。世間ではこれを「仕事からの逃避」と呼ぶ風潮があるようですが、私は決してそうは思いません。

インターネットの神の見えざる手。

そう、この広くて深いインターネットの世界を司《つかさど》る神が、私を優しく手招きしたのです。私はその手に導かれるまま、ストリートビューをさまよい歩き、そして神様からのメッセージを受け取ることとなったのです。


出発地点は駅でした。

とある地方のとある街のとある駅……と、清々《すがすが》しいほど何の情報も盛り込まれていなくて恐縮ですが、要は二十代の私が三年間だけ住んでいた街の小さな駅です。

最初は本当に軽い気持ちでした。もう何十年も訪れていない場所が現在どうなっているのか、知りたいような知りたくないような微妙な思いで検索をし、カーソルをあれしてそれすると、「うにゅー」とストリートビュー画面が現れます。モニターに大映しになるJRの駅舎。

「おお！」

私は思わず声を上げました。そして尋ねました。

「懐かしい……ですか？」

誰に訊《き》いているのでしょう。自分でもよくわかりませんが、でも、それは私の知っている駅とは全然違いますか？　と、また質問してしまうほど、すべてがあやふやなのです。

「こんなだったっけ？」

こんなだったような気もするし、違う気もする。改札口が二階にあるのは記憶どおりですが、階段の位置や形に見覚えがあるのかどうか。思い出すのは線路をまたぐ形で架かっていた、白い陸橋の形ばかりで、でもそれもどこから見た景色か自信がありません。

私は些《いささ》か慌てました。昔のままで懐かしいとか、変わってしまって寂しいとか、予想していた感情が湧《わ》いてきません。というか、変わってしまったかどうかも判断できません。

いくらなんでも、駅くらいは覚えているものではないのか。駅前のコンコースにバス乗り場があって、それは確かに記憶のままで一瞬ほっとしたものの、考えてみれば、日本中たいていの駅前にはバス乗り場があるのです。便利だから。

その便利なバス乗り場の風景も、嫁の悪口を独り言という形で世間に向けて全公開するおばあさんや、「脚の肉とかほっぺたの肉とか気になるところはありませんか？」といきなり話しかけてきて、「それはあんたが私を見てどうにかした方がいいと思った箇所ですね？」と問い質《ただ》したくなったエステのキャッチセールスのお兄さんとの思い出は蘇《よみがえ》りましたが、でもそれだけです。

不安になった私は、視点をぐるりと回転させ、当時アルバイトをしていた駅前のビルを探すことにしました。はっきりとした過去の手応えがほしかったのです。目に飛び込んできたのは、三階建のショッピングビル。

「おお！」

再び私は声を上げました。

「そうだ、そうだ、ここだった？」

ここでしょうか。どうでしょうか。自信がありません。念のために申し添えれば、駅前再開発などがあって、大きく景色が変わったわけではありません。再開発されたのは私鉄の駅の方で、そちらはまるで別の街のように変貌《へんぼう》したようですが、もともと私の生活圏外だったこともあり、まあどうでもいい。

ところが思い切り生活圏内だったはずのこのＪＲ側も、なぜか記憶が曖昧《あいまい》です。当時のアルバイト先はビルの二階の小さな書店。今その窓には百円ショップの看板が出ています。もう廃業してしまったのか、それとも別のビルなのか。廃業なら寂しいなあ、休憩時間にはいつもドーナツが振る舞われるいいお店だったのになあと、一階に目をやると、なんとミスタードーナツがあるではありませんか！　ということは！　やはりこのビルで！　私は働いていた！　のでしょうか？

……答えてくれる人は誰もいません。私はなんだか恐ろしくなりました。確かなものは何もなく、まるで足下から崩れていくようです。私は、当時住んでいたアパートへ向かうことにしました。いくらなんでも家を見りゃ思い出すだろう。そう考えてのことですが、駅前の通りから最初の角を曲がってまず思うのは、え？　どこだよ、ここ。

何を見ても、ぴんときません。角には、かつて「商品にさわらないでください」「濡《ぬ》れた傘は持ち込まないでください」「店内でしゃがまないでください」「立ち話はしないでください」「五分以上長居はしないでください」「五人以上で入らないでください」といった、およそ客商売に向いていない人が泣きながら商売している感満載の貼り紙だらけの店があり、そこが（たぶん）潰《つぶ》れて駐車場になっているのは、まあ当然として、しかし周りの建物にも一切記憶が呼び覚まされないとはどういうことか。そのとなりのビルの三階、窓という窓をみっしり塞《ふさ》いで、中は昼間でも暗く、ドアから見える調度品がなぜか全部真っ赤なベルベットというエステサロンに、私は美容雑誌を毎月配達していたと思うのですが、それは今学習塾が入っているこのビルでしたか？

画像に目を凝《こ》らせば凝らすほど、細部があやふやになります。猛暑の夏、雑誌の配達中に耐え切れず、立ったままアイスを飲むように食べた空き地、そこは後輩のバイトの女の子が同じく配達中にばったり会った友達と立ち話をし、それが理由でクビになった場所でもあり、私もアイスばれてたら即クビだったなと肝《きも》を冷やした「運命のいたずらの地」だったのですが、それもどこだかわかりません。

心細い気持ちでさらに行くと、これまた見たことがあるようなないような家電量販店があり、駐車場に「完全閉店セール」の幟《のぼり》がはためいていました。その幟に向かって、「私、開店している時に来ましたでしょうか？」と尋ねてみるも、幟は無言です。

神様、私は本当にこの街に住んでいましたか？

インターネットの神様に語りかけながら、さらにとぼとぼとモニターの中を進み

ます。すると、

「あ！　ここ知ってる！」

突然、目の前に見知った光景が現れました。初めて記憶と目の前の画像が一致した瞬間です。一気に私の胸は熱くなりました。人類滅亡後の地球で、飼い犬に再会した時のような気持ちです。

県道沿いにある郵便局でした。レンガ造りの立派な建物も昔のままで、私は今までにない鮮明さで当時のことを思い出しました。冬のはじめの夕暮れ、バイト終わりに自転車を飛ばして駆けつけたこと。窓口が閉まる五時だか六時だかの役場の鐘の音を聞きながら、

「すみません、切手を」

「あ、もう終わりだから」

目の前で窓口ばっさり閉められたこと。四十代と思《おぼ》しきにやにや顔の局員を見ながら、「よし、今後どれだけ出世しても、絶対郵便局に口座は作らないからな。一生だからな。覚えとけよ」と固く心に誓ったこと。すべてがまるで昨日のことのように、ありありと脳裏《のうり》に浮かびます。

「許さん」

改めて湧き上がった怒りを力として、私は郵便局前を離れました。勢いよくカーソルを進め、このままアパートまで一直線。そう思ったのも束の間《つかま》、すぐに立ち往生してしまいました。

「どっち？」

道順がまったく思い出せないのです。それらしき小道を曲がっても、行き止まりばかり。景色も再びあやふやになり、空き地や畑だった場所は、なんということでしょう今やほとんど住宅か駐車場になっていますか？　わかりません。

当時、アパートへ続く曲がり角には庭付きの小さな平屋の家が建っていました。最初は三十歳くらいの男性が一人で住んでいたのですが、ある日お嫁さんらしき女性がやってくると、草ぼうぼうだった庭がきれいになり、花が植えられ、出窓に人形が飾られ、ベビーカーを押して親子三人で歩く姿が見られるようになり、週末は庭で遊ぶ子供を夫婦でにこにこ見守るようになり、やがて週末でなくても夫婦で見守るようになり、子供を見守る表情が真顔になり、気がつけば旦那さんがずっと家にいるようになり、奥さんが仕事に行くようになり、奥さんと子供の姿が消え、庭が荒れ、草がぼうぼうになり、花が枯れ、花の代わりに空の酒瓶が並ぶようになり、そうこうするうちに旦那さんが私のバイト先の本屋で、五千円札で支払ったにもかかわらず「一万円札だった」と言い張って釣り銭を多く要求するようになり、何度か揉《も》めた後は姿が見えなくなり、最後はとうとう家が取り壊されるという、「早送り人生崩壊劇場」みたいな光景が繰り広げられていた家です。その跡地がどうなったかも、この目で見ているはずなのに、まったく情景が浮かびません。

人はここまで忘れるものなのでしょうか。たしか近くには、住宅地でありながら桃太郎のおじいさんが柴刈《しばか》りに行きそうな藪《やぶ》があり、そこには雀《すずめ》のお宿でも開店しているのかと思うほど雀がみっしり棲《す》み着いていて、私は密《ひそ》かに「昔話の谷」と呼んでいたのですが、どうですか？　それも影も形もありませんか？

訊いても訊いても、誰も答えてくれません。いくら画像を進めてみても、駐車場、家庭菜園、ガレージ、線路、川、陸橋、あらゆるものが私の行く手を阻《はば》みます。思えばアパートの住所も名前も、私はすっかり忘れているのです。

本当にあの場所は存在したのだろうか。寄る辺《よるべ》ない子供のような気持ちで、私はネットの中をうろうろし続け、そしてついには諦めました。結局、私はアパートまで辿《たど》りつけなかったのです。もちろん他の方法で見つけることは簡単でしょう。でも私はそうしませんでした。

すべては幻のようなもの。あるようなないようなものに囲まれて、人は生きているのです。

こうして私はストリートビューの旅を終えました。なにもかもがあやふやな街。けれどもそこにも確かなことはあって、それは唯一、何十年経っても色褪《いろあ》せない郵便局員への怒りとして、忘れかけていた大切なことを私に訴えかけてきました。

「利便性に負けてゆうちょのカードを作りたくなったら、今日のことを思い出せ」

それこそがインターネットの神様からのメッセージに違いないのです。

# 裸の大男が睨みあっている

迷走している。
これを書いているのは二〇一六年七月二十一日の朝、原稿の〆切《しめきり》はとっくに過ぎていて、しかも大相撲《おおずもう》名古屋場所の十二日目を迎えたところだ。二敗で横綱白鵬《はくほう》と日馬富士《はるまふじ》、そして我が稀勢《きせ》の里《さと》が優勝を争っている。我が稀勢の里が優勝を争っている。
大事なことだから二回書いたが、いやもうほんとうに気が気ではない。落ち着いて座ってなどいられないので、ここは思い切って仕事を休んで相撲に専念したいがどうだろうと担当編集者に提案したら、だめだと言われた。だめだそうだ。こんなに大変な時なのに。
それにしても稀勢の里である。今まで何度も優勝のチャンスがありながら、そのすべてをきちんと逃してきたお相撲さんだ。惜しかった。私が考えるに、敗北のおもな原因は負けたことにある。何を当たり前のことを、と思う向きもあろうが、しかしそれ以外に表現のしようがない。肝心《かんじん》の大一番ではほぼ負けるし、なにより序盤で下位力士相手にぽろりと負けるのが痛い。そしてその序盤の一敗が後半のプレッシャーとなり、優勝のかかった大一番でさらに自らを追い詰めるという、絵に描いたような負の連鎖《れんさ》が繰り広げられたのを何度も目にしてきた。

そのたびに私の胸は痛んだ。一体どうしたらいいのか。

まあ、どうしたらといっても、稀勢の里には頑張って相撲を取ってもらうしかないわけで、何かできるとしたらそれは私なのである。この私が、稀勢の里の優勝に結びつくような、画期的な応援方法を考案しなければならない。

ありきたりのことをやっていては埒《らち》があかないことは、今までで既に証明済みだった。つまり取り組み時間が迫ればテレビの前に陣取り、稀勢の里が登場すれば「頑張れ！」と声を掛け、勝ったといっては喜び、負けたといっては肩を落とす。そういった従来の応援スタイルでは、稀勢の里の優勝を観ることは叶《かな》わなかったということである。

残念ではあるが、これは当然だともいえる。なにしろ贔屓《ひいき》力士の優勝である。優勝といえばあなた、優勝である。並大抵のことではない。易々《やすやす》と連続優勝を成し遂げてきたように見える白鵬も、おそらくその陰には白鵬の実力を支えるため、日々新しい応援法を探って精進《しょうじん》を怠《おこた》らないファンの存在があるに違いないのだ。

そう考えると、私にも大いに反省すべき点はあった。気持ちは真剣とはいえ、何の工夫もない観戦態度が勝利の女神を遠ざけた可能性もゼロではない。甘かったと思った。申し訳なかった。今からでも稀勢の里のためにできることはないか。迷った末、まずは褒《ほ》めて伸ばす方式へと方針を切り替えることにした。

褒めて伸ばす。

よく耳にするものの、耳にするたびに反対意見もセットで現れて、結局いいのか悪いのか判然としないあれである。しかし何事もやってみないことにはわからない。

次の場所、私は早速稀勢の里に声援を送った。

「いい感じだねー。まわしが似合ってるねー。まずは中日《なかび》まで勝ちっぱなしでいってみようかー」

うむ。予想以上に恥ずかしく、また稀勢の里も稀勢の里で、初土俵から十五年近く経って、今更《いまさら》まわしが似合うと言われても困るだろうが、いかんせんこの応援法は褒めないことには始まらないのだ。ポイントは実際に声に出すことと、思い切ることである。少年野球のコーチのような明るさで、それからというもの私はテレビの中の稀勢の里に声をかけ続けた。

「いけるよー、強いよー。みんな番付、君より下だよー」

「立合い、がーっといって、そのまま左四つに組んじゃおー」

「毎度毎度律儀《りちぎ》に変化食らうねー、その素直さで頑張ってみよー」

「投げられて倒れる姿も切なくていいよー」

そんな私の声が届いているのかいないのか（いない）、そして「褒めて伸ばす」のやり方がこれで合っているのかどうなのか（たぶん間違っている）、なにもかもが手探りのまま私の挑戦は続いた。

が、やはり結果は今ひとつ。いいところまではいくのだが、なかなか優勝には手が届かないのだ。

褒めて育てても白星は伸びないのかもしれない。

胸にじわじわと広がる不安。やり方が悪かったのだろうか。確かに後半の厳しい勝負どころになると、褒めるのを忘れて「がんばれー！」と何の工夫もない声援を飛ばすことも多かった。そのうえ褒めて育てる白星作戦を、ほかの人々に広めることもしなかった。だって馬鹿みたいだから。

結局、もやもやしながら、私は褒めて育てる応援を続けた。ほかにいい案もなく、自らの教育方針の誤りを認めるのもまた、難しいことなのだ。

ところが、である。そうこうしているうちに、今年の一月場所、ライバル琴奨《ことしょう》菊《ぎく》がするする勝ち進んで初優勝を遂《と》げてしまった。日本出身力士としては実に十年ぶり、元大関栃東《とちあずま》以来の快挙である。次に日本出身力士が優勝するとしたらきっと稀勢の里だと、ほとんどの人が感じていたであろうところでの、この琴奨菊。

私の心は千々《ちぢ》に乱れた。これは稀勢の里の負けではない。私の負けである。私の褒めて育てる作戦が完全な敗北を喫《きっ》したのである。私が漫然《まんぜん》と褒めて育てている間、琴奨菊のファンは、何か特別な応援方法を探り当てたに違いないのだ。

新たな応援方法を、私も考えなければならない。このままむざむざと稀勢の里を大関の座に留《とど》めておいていいはずがない。私は焦《あせ》り、呻吟《しんぎん》した。そしてついに一つの結論にたどり着いた。

忘れる。

そもそも稀勢の里に関しては、そのいかつい風貌《ふうぼう》とは相反《あいはん》するメンタルの弱さを指摘する声が多かった。もちろん、それは世間の評価であって、私自身は決して稀勢の里のメンタルが弱いとは思っていない。メンタルに比べて身体が強すぎるのだと思っている。

しかし実際、大一番になればなるほど、そして期待の声が大きくなればなるほど、見ているこちら側にまで伝わる形で緊張するのも、また事実であった。表情が固くなり、身体に力が入り、頬《ほお》が紅潮し、瞬《まばた》きが激しくなる。そのプレッシャーが稀勢の里本来の力を奪っているのだとしたら、なんとしてもそこから解き放ってあげたいと考えるのが真のファンではないか。

見ない、という方法を試したこともある。「私が見ると負けるから見ない」との古くからある考えに則《のっと》り、敢《あ》えて稀勢の里の取り組みは見ない。土俵入りの時間が近づくと、本を開いたりネットをうろついたりと目を逸《そ》らし、ツイッターなどでも決して大声で応援をしない。そうして稀勢の里へのプレッシャーを減らそうとしたのだ。

だが悲しいかな、「見ない」ではだめであった。「見ない」は「見たい」と同義である。本心では見たいけれども、稀勢の里のために敢えて見ない、という強い思いがそこに潜《ひそ》んでいることに変わりはないのだ。それもまた愛であろう。そして、愛は重い。

となれば、忘れるしかないではないか。稀勢の里のことも相撲のことも忘れて、何も知らない無垢《むく》な人間として日を過ごす。相撲を観るのは「たまたま目にした」時だけだ。迷走している自覚はあった。だが、考えてみてほしい。「好き」の対義語は「無関心」なのである。

実際に試してみると、この方法は非常に優れていることがわかった。「見ない」応援とは違い、なにより取り組みを観戦できるところがいい。夕方たまたまテレビの前を通りかかる。するとそこには裸の大男が二人睨《にら》みあっていて、おや、これは一体なんでしょうと思っているうちに稀勢の里の取り組みが始まる。よく出来たシステムだ。

琴奨菊の優勝以来、私は意識してこの「忘れる」作戦を行ってきた。忘れるのは本当に大変だが、感触は悪くない。優勝はまだ果たしていないものの、少しずつ手応えを感じている。なにしろ今場所、稀勢の里が笑い出した。花道の奥や土俵下で、なんともいえない表情でにやりと笑《え》みを浮かべるのだ。アルカイックスマイル的な妙な笑顔ではあるが、あれは私が稀勢の里のことを忘れたことによって、気持ちが楽になった結果と考えたい。

場所前に、稀勢の里は三十歳になった。三十歳。言いたくはないが、「そろそろ」と思ってしまう年齢である。いい加減そろそろこうもう一つ上に。いや、無闇《むやみ》に焦る必要はない。三十代で横綱昇進を果たした力士も少なからずおり、モーツァルトは五歳で初めての作曲をしたそうだが、今はモーツァルトも関係ない。しかし、それでもやはり「そろそろ」と思ってしまうのだ。そこへもってきて、この混戦である。

今場所は本当に大事な場所になった。稀勢の里にとってはもちろんのこと、応援スタイルを探ってきた私にとっても重要な場所である。このまま「忘れる」応援に落ち着くのか、あるいは今後も迷走を続けるのか。それを見極めるためにも、あと三日、仕事を休んで相撲に専念したい。それは即《すなわ》ち相撲を忘れることに専念したいということでもあるが、何を言っているかわからなくなってきたが、とにかく今は黙って座っていられないのである。

## 追記

「忘れる」応援法の効果はすばらしく、この原稿から半年後の二〇一七年一月場所において、我が稀勢の里は念願の初優勝を遂げた。同時に横綱昇進。しかし、浮かれた私は、翌場所には通常の応援スタイルに戻ってしまう。その結果が稀勢の里の怪我である。私のせいだろうと思う。今は申し訳ない気持ちでいっぱいだ。これからは、何があろうと積極的に忘れていきたい。

# 盆と正月とクリスマスと台風

## 二〇一六年五月某日

担当編集者のY氏より、サイン会の打診《だしん》がある。七月に文庫になる『ぐうたら旅日記　恐山・知床をゆく』の発売に合わせて、地元札幌の書店が企画してくれたのだという。ちょっと意味がわからない。人には器《うつわ》というものがあり、私のそれはサイン会に耐えられるほど大きくはないのだ。

　電話の向こうでY氏は「せっかく声をかけてくださったのだから」みたいなことをしきりに言う。「せっかくだから」教だ。どうやらY氏は「せっかくだから」教に取り込まれているらしい。

「せっかくだから」教は恐ろしい。昔、バブルの残《のこ》り香《が》漂う温泉宿のギリシャ神殿みたいな大浴場で、湯船の真ん中に設《しつら》えられた滑り台を、素っ裸（そりゃそうだ）

で滑り降りる中年女性と遭遇したことがある。平日の昼間ということもあり、一人きりだと思っていたのだろう。ノリノリで滑り降りていた彼女は、パルテノン神殿みたいな柱の陰から突如《とつじょ》姿を現した私に激しく動揺し、お湯の中で意味なく両手をばたばたさせた後、意を決したようにこう言った。

「せ、せっかくだから……」

と、それくらい「せっかくだから」の魔力に抗《あらが》うのは難しいのだ。対抗できるのは「死んだ祖母の遺言で」くらいだろうが、私の場合、どこをひっくり返しても「サイン会をしてはならぬ」との遺言は見当たらない。ひょっとすると、祖母はサイン会というものを知らなかったのかもしれない。

とりあえず返事を保留にする。保留にしている間に立ち消えになってくれないものだろうか。

**六月某日**

立ち消えにならなかったようで、Y氏からサイン会の返事を催促される。答えが出ないまま、恐る恐る最大の懸案《けんあん》事項について尋ねてみる。

「もし人が全然集まらなかったらどうするんですか」

「暇でしょうから、会場でこの連載の原稿を書いてもらいます」

何を言っているのか、この人は。

もう二日だけ待ってもらう。

**六月某日**

などとぐずぐずしているうちに、「ここまで待たせておきながら、やっぱりやめますなどと言ってもいいのだろうか」と弱気な心が芽生《めば》えてくる。もう何も決めたくない。世の中には何でも自分で決めないと気がすまない人がいるというが、その人と一日だけ入れ替わるわけにはいかないだろうか。いかないだろう。

以前、同じ書店で開かれた小路幸也《しょうじゆきや》さんのサイン会の様子を思い出す。行列を前にして些《いささ》かも動ぜず、サインも写真撮影もにこやかにこなしていらした小路さん。思い返しているうちに、小路さんに私の変装をしてもらってはどうかという名案がひらめいた。

性別も背格好も全然違うが、同じ北海道出身なのだから、何か通じるところがあるだろう。マスオさんだってフネとは血が繋《つな》がっていないのに、同じサザエさん界で長年過ごすうちによく似た顔立ちになっているではないか。小路さんだってきっと大丈夫。

具体的にどうするかというと、まず髪を切ってもら……うのは心苦しいのでカツラを被《かぶ》ってもらい、それから若干《じゃっかん》太ってもらい、なんならマスクをして、背は屈《かが》んでもらって、あと問題は声だが、そこは「七匹のこやぎ」に倣《なら》ってチョークを舐《な》めてもらえば、あら不思議、たちまち立派な北大路公子が！

……なわけないだろ。

自分でも何を考えているのかわからなくなり、混乱のまま、せっかくのお話だからと引き受けることにする。やはり決め手は、「せっかくだから」。人は「せっかくだから」の魔力には抗えないのだ。

**七月某日**

サイン会の開催が正式にアナウンスされる。八月の下旬という日程はいいとして、先着百名の人に整理券が配布されると知って愕然《がくぜん》とする。もう少し現実味のある数字はなかったのだろうか。

## 七月某日

もうサイン会のことを考えるのはやめようと思いつつ、以前、別の本屋さんが開いてくれた「ミニミニサイン会」のことを思い出す。「大掛かりなことはしたくない人前にも出たくないでも本はたくさん売れる方がいいサイン会も店の奥の奥の方でこっそり隠れるようにやりたい」という私の意味不明な我儘《わがまま》を全面的に聞いてくださった結果のイベントである。

三回ほど開催され、自分で言うのもなんだが、その間、私の集客力は飛躍的な伸びを見せた。初回はほんの数えるほどであったお客さん（友人含む）が、二回目を経て三回目には、ちょっと立ち止まって数えるくらいになっていたのである。立ち止まって数えて、またすぐに歩き出せるくらいの人数。

自分では、集客力倍増（当社比）でたいしたものだと思っていたが、しかし、落ち着いて考えれば百人には全然届かない。どうすればいいのだ。ミニミニサイン会に来てくれた人が、変装して一人四回とか五回とか並べばいいのか。いや、いっそ私が変装して何度も並べばいいのか。その場合、サインは誰がするのか。私は何を言っているのか。

## 七月某日

Y氏から「整理券がすべて捌《さば》けた」との連絡が入る。信じられない。何か裏がある気がしてならない。Y氏も同じことを考えていたらしく、「洋裁学校の校長を怒らせていませんか？」と尋ねてきた。NHKの朝ドラ『とと姉ちゃん』で、ヒロインの企画した裁縫講座に申し込みが殺到、一時は大喜びしたものの、当日蓋《ふた》を開けてみればなんと受講者は、ゼロ。あの何百枚もの応募ハガキは、彼女を恨《うら》む洋裁学校の校長が、講座妨害のため送りつけたものだった……というシーンが放送されたばかりだったのである。

「あらあら何これ？　誰もいないいじゃない」

「だーれもいないんじゃ、やる意味ないですものね」

電話の向こうで、Y氏はご丁寧にドラマの台詞《せりふ》まで再現している。そこは立場上、「大丈夫ですよ！　素晴らしいですね！　すべては北大路さんの人徳のなせる業《わざ》ですよ！　その人徳に敬意を表して、今度から原稿を書かなくても原稿料をお支払いしますよ！」などと声を掛けるところではないのか。それをなぜ「おほほほほ」と校長の高笑いまで真似しているのか。ひょっとすると、Y氏自身が罠《わな》なのか。もう何も信じられない。

**八月某日**

サイン会の心配は心配として、夏である。私もポケモンGOを始めたり、奥尻島《おくしり》へ遊びに行ったり、オリンピックが始まったりと、俄然《がぜん》忙しくなってしまった。奥尻は暑かった。前に訪ねた時も思ったが、道南は札幌とは気候が全然違う。その暑い島で、海辺を散歩し、ウニを食べ、ぼんやりとビールを飲んでいると、まるでこの世の楽園に来たかのような気になる。常夏の島、奥尻。いっそ引っ越してきて、ここで余生を送ろうかと考えるが、ふと目をやった道路脇に、見慣れた矢羽《やばね》付きのポールが並んでいるのが見えて、正気に戻る。冬、雪の中でも路肩《ろかた》を見失わないようにするための目印である。ああ、所詮《しょせん》ここも北海道なのだ。

**八月某日**

異様に蒸し暑い日が続いている。慣れない湿度の高さに、日に日に体力と気力が削られていく感じがする。思えば去年の八月に東京を訪れた時は、ビニール袋の中で湯煎《ゆせん》にかけられたような暑さと湿気にやられて死ぬかと思ったが、しかし東京にはエアコンがあった。北海道にはない。いや、あるところにはあるが、我が家にはない。昼間はとてもじゃないが暑くて仕事にならず、では夜ならいいかというと、夜は夜でオリンピックだ。

その時差がつらかった。開催地のリオデジャネイロとは十二時間。さすが地球の裏側、きっかり半日なのだなあ。などと感心している場合ではなく、日本選手の活躍もあって、仕事どころか寝ている暇すらない。

もうサイン会どころではない。あ、間違えた。どころではあるが、ぐちぐちと考えている時間はない。知人との会話も、

「サイン会やるんだって？」

「おかげさまでー」

と、すっかり大人の対応である。ついこの間まで、「そうなんですよ、そうなんですけど、でも百人、百人ってなに、百人って友達の数ですよ、うちの父親の『いとこ会』って全部で百一人いたらしいですが、それもすごいですよね、百一って犬の数だと思うんですけど、とにかく百人、罠かもしれないし、字下手だし、百人だし」などとしどろもどろになっていたのが嘘のようだ。今や完全に平常心である。

本当にオリンピック（と寝不足）は偉大だ。

**八月某日**

眠い。そして蒸し暑い。汗をだらだらかきながら、いつ寝ていつ起きているのかわからない生活が続いている。一日中、頭が朦朧《もうろう》としているが、選手の大変さに比べたらなんてことはない。

**八月某日**

オリンピックに気を取られているうちに、気がつけば夏の甲子園も日程がかなり進んでしまっている。今年はさすがの私も高校野球までは手が回らず、オリンピックに専念しようかと思っていたところ、逆にそれがよかったのかどうか、南北海道代表の北海高校が、あれよあれよという間に二十二年ぶりのベスト8進出を決めてしまった。

と同時に、プロ野球では日本ハムが、最大十一・五ゲーム差だった首位ソフトバンクに肉薄《にくはく》していた。プロ野球よ、お前もか。そこまで手を広げると身体がもたないと判断して見ないようにしていたが、どうやらそんなことを言っている段階ではないらしい。

大変なことになった。オリンピックに北海高校に日本ハムファイターズ。盆と正月とクリスマスがいっぺんに来たような騒ぎである。猛烈に忙しい。

**八月某日**

北海高校はとうとう八十八年ぶりに、ベスト4に進出してしまった。オリンピックは女子レスリングがはじまり、決勝が朝の五時過ぎという過密スケジュールである。そして日ハムは首位ソフトバンクと直接対決。考えるだけで立ったり座ったり落ち着かないというのに、ここのところ北海道には台風が次々接近していた。盆と正月とクリスマスに台風が加わったのだ。

聞けば台風七号が上陸したところに、新たに十一号が近づいており、その後ろには九号が控えていて、あんたら順番めちゃくちゃだろうと思うが、とにかく一週間に三つの台風上陸の可能性があるらしい。これはもちろん観測史上初めてのことで、ふだん台風とは縁遠い生活を送っている北海道民を動揺させるに十分だった。

もちろん私も動揺した。動揺というか呆然《ぼうぜん》としていた。

「サイン会とぶつかりますね」

そうY氏に言われ、ふいに我に返ったのである。北海の試合も日ハムも台風も、全部サイン会とぶつかる。こういうことか、と思った。こんなところに罠があったのだ。

**八月某日**

サイン会当日。案《あん》の定《じょう》、雨がざあざあ降っている。台風の影響で、大雨警報が出ているのだ。大雨警報と、北海高校の準決勝戦と、日ハムの首位決戦。そんな日に私のサイン会に行こうと考える人がいるだろうか。いや、いない。私だって本人だから出かけるが、できるなら家の中で野球を見ていたい。

考えてみれば、私のサイン会がそんなにうまく運ぶはずがなかったのだ。最初からわかっていたはずなのに、調子に乗って夏にうつつを抜かしていた。甘かったと思う。気を緩《ゆる》めずに、先着百名様に千円配る、とかいうくらいのことはやるべきだった。

後悔しつつ、Y氏とデパートの蕎麦《そば》屋で昼食をとり、文具売り場で筆ペンを買う。今日使うペンを今日買う泥縄《どろなわ》ぶりもさることながら、為書《ためが》きを書く時に字が潰《つぶ》れないよう「ペン寄りの筆ペン」を買うつもりが、うっかり「筆寄りの筆ペン」を買ってしまうという体《てい》たらく。これで画数《かくすう》の多いお名前は、もれなく潰れて読めなくなることが決定した。

早めに書店に行き、事務室でサイン本を作る。時々、スタッフの方が会場の様子を窺《うかが》いに行っては、「もう皆さん並んでますよ」と教えてくれる。だが、それも罠かもしれない。いや、罠じゃないかもしれない。いずれにせよ、やるしかないのだ。たとえお客さんが一人しかいなくても、オリンピックと野球と台風の話で時間を稼ぎ、最後にそっと千円を握らせるのだ。そう決めて、会場へ向かう。でも一人じゃありませんように。

Y氏の陰からそっと覗《のぞ》くと、思った以上の長い行列が見えてほっとしたのも束《つか》の間《ま》、札幌にいるはずのない宮下奈都《みやしたなつ》さんの顔が目に飛び込んできて、かーっとなる。

「え？　何で？　宮下さん？　あれ？　え？　ここどこ？　札幌？　え？　どこ？　夢？　これは夢なの？」

あとのことはよく覚えていない。宮下さんがいるなら夢だろうと思って、ふわふわとサインをした。大雨にもかかわらず、たくさんの方が並んでくださっていた。案の定、為書きの文字は潰れたが、夢だからと気にしないようにした。夢の時間は長く短く、そして暑かった。

**八月某日**

北海高校は準優勝に終わった。オリンピックも閉会、台風が去った後は一気に秋の気配が広がっている。サイン会でいただいた、たくさんのビールとおつまみが「あれは現実だ」と囁《ささや》きかけてくるが、現実だとしたら恥ずかしいことをたくさんやらかしてしまったので、夢だということにしておく。お越しいただいた夢の国の皆様、ありがとうございました。

# もしかしたら最終回？

困惑している。どうしたらいいかわからない。気がついた時には、クレジットカードのポイントがそこそこ貯まってしまっていた。

もちろん、クレジットカードのポイントシステム自体に、不満や異議があるわけではない。私は決して物分りの悪い人間ではない。人柄も大変よく、ご承知のように「原稿を書かずとも、この人柄にお金を払うというのはどうでしょう」と担当編集者に申し出ては却下《きやっか》されるほどの率直さで生きている。クレジットカードのポイント制度に関しても、当然含むところは何もない。

あれは非常によくできている。買い物もしくは支払いをカードで済ませる。そのたびにちまちまと、という表現に語弊《ごへい》があるとしたら、せっせとでもいいが、とにかくポイントが加算され、ある程度貯まったところで、ポイント数に応じた特典が付与される。カタログの中から自分の希望する商品や用途を選ぶと、それがどこからともなく送られてくるのだ。

　システムとしては完璧であろう。誰が最初に言い出したか知らないが、よくぞそんな面倒な仕組みを思いつき実行したもんだと、むしろ感心するくらいだ。世の中というのは実に勤勉にできているのである。

　だが、その緻密《ちみつ》な勤勉さが、じわじわと私を追い詰めるのも、また事実である。いや、「支払う」「貯まる」に関しては、何の問題もない。それは私の与《あずか》り知らぬ世界の話であり、つまりは私の知らない場所で、私の知らない勤勉な人たちが、私の知らない勤勉さでもって、日々あれをそれしてうまいことやってくれるに違いない事柄だからだ。

　そこに私の出番はない。私はただ母親のお腹の中で眠る赤子のように、安心と信頼に包まれて、静かに日々を過ごすだけ。それは優しく平和な世界であり、永遠にこんな日が続けばいいと願う私に、しかしその日は突然やってくる。

「選んで」

　半ば脅迫《きょうはく》するような口ぶりで、ふいにポイントは言う。

「カタログから好きなもの選んで」

なぜ？　と思う。ここまで甘やかしておいて、なぜ急に自立を促《うなが》すようなことを言うのか。私は戸惑い、混乱する。そして心の底から悲しくなる。なぜなら私はもう何も選びたくないのだ、選ぶという行為自体に疲れ果てているのだ。

考えてみてほしい。人の暮らしはあらゆる選択に満ちている。朝、目を覚ました瞬間から、着るべき洋服、履《は》くべき靴下、食事の献立、見なければならないテレビ番組、仕事をするかしないかってまあそれはした方がいいに決まっているが、とにかくあらゆることを我々は選び取らねばならず、また現実に選び取っている。

それだけで十分ではないか、との思いがある。カード会社はポイント分の商品を選べと言うが、そもそものポイントが加算されたきっかけとなった買い物、たとえば飛行機チケット自体が、幾重《いくえ》にも重なる選択の結果なのだ。購入するには、日にちを決め、時間を決め、航空会社を決め、座席を決め、さらにはそれに合わせた移動スケジュールを決めなければならない。もちろん飛行機だけではない。その前に買ったすぐに靴ずれができる靴も、一回使っただけで鍋物の汁をこぼしてダメにしたバッグも、私が懸命に選んだ結果なのである。

ここまでやってポイントを得た私に、まだ何かを選べというのか。そんな無慈悲な話があるか。

考えているうちに怒りが湧《わ》き上がり、「そんなに選びたいならあんたが選んだらどうか！」と叫びそうになるが、選ぶという行為の闇が深いのは、「だからといって勝手に選ばれても困る」との側面を持っているからである。自分で選びたくないからといって、飼ってもいない犬用の缶詰なんかを勝手に選んで送られても途方に暮れるだろう。

私は悩んだ。何も選ばないという手も、もちろんあるだろう。ただその場合は、貯まったポイントが古い順から徐々に失効していくのを黙ってやり過ごさねばならず、まことに残念なのは、私がそれを許せるほど度量の広い人間ではないことだ。以前、居酒屋で、上司と思《おぼ》しき人に説教されている若い男性の生ビールが、手付かずのままどんどんぬるくなっていく様を目撃して、「冷たいうちに飲ませてやれやあ！」と叫びそうになった私には些《いささ》かハードルが高い。目の前で何かがダメになっていくのを見るのはつらいのだ。

結局、カタログを前にうろうろする日が続いた。

折り畳み傘を持っていないのでそれがいいかなあと思うが、それくらい自分で買えばいいじゃないかとも思う。ならばオーブントースターはどうだろう。今のは脚がぐらぐらするのだ。でも壊れたわけじゃないし、サイズも希望より少し小さいかもしれない。これが半年前ならフライパンに決めただろう。だけど既に買い替えてしまった。マイルに変換する手もあるが、そんなに飛行機乗らないし、現金キャッシュバックもなんだかなあと、迷いの森は深い。

どうしていいかわからないまま一ヶ月、選ぶことの業《ごう》の深さにほとほと疲れた私を、なんとさらなる試練が襲った。担当編集者Y氏から新たな選択を迫られたのである。曰《いわ》く、

「このエッセイを続けるか、今回で終わりにして、翌々月あたりから別の連載を始めるか、選んでください」

って、ええっ？　最終回って私が決めるの？　そういうもんなの？　からかってない？

「本気です」

そんなわけで、何がどうなったのかわからないまま、重大な決断を二つもしなければならなくなって大変混乱しているが、いずれも未《いま》だ結論は出ていない。ただ、ポイントの使《つか》い途《みち》はとにかく、エッセイについては「原稿を書かずとも人柄にお金を払う」案があることをY氏には再度提示しておきたい。

では、来月もしこの連載が掲載されていなかったら、今回が最終回だったのだなあと思ってください。長い間ありがとうございました（最終回用）。また来月お会いしましょう（最終回じゃなかった用）。それにしても、こんないい加減なことでいいのでしょうか（本音）。

## 追記

結局、この回が最終回になりましたが、あちこちで「本当にあれが最後ですか？そんなことでいいんですか？」と言われまして、いいか悪いかわからないけれども、でも実際終わったんだからいいんじゃないかなあと思います。ちなみに「翌々月」あたりから始めるはずだった新連載は、八ヶ月ほど経った今も始まっておらず、どうして始まっていないかというと私が書いていないからで、それはやっぱりよくないんじゃないかなあと思います。どうもすみませんでした。

# 解説

宮下奈都《みやしたなつ》

北大路公子さんはとんでもないひとである。これまでの本でもずいぶん笑わせてもらったし、驚かせてもらった。でも、この『私のことはほっといてください』は特に濃い。これをとんでもない本だといわずして何をいおう。

まず、この作品の形態がすごいと思う。エッセイということになっているけれど、かなり掌篇《しょうへん》小説に近いものが含まれている。どちらがすごいという話ではない。ただ、そのふたつを限りなく自然に混ぜてひとつの作品として差し出すというのは、ものすごい力技なのだ。小説とエッセイとでは、脳みその使う部分が違うように思っていたのだけど、北大路さんの中では地続きにつながっているのかもしれない。滑《なめ》らかに両者の間を行き来する作品群は、あっぱれとしかいいようがない。いいようがない、といった時点で解説としてはおしまいだ。そもそも、北大路さんの本の解説など野暮《やぼ》以外の何物でもない。解説できるようなら北大路さんの本じゃないとさえ思う。どこがどうおもしろいか、このひとのセンスがどうすごくて文章がどう素晴らしいか、言葉を持たない。ああ、また終了だ。言葉を持たないのだから解説のしようがない。読んでもらうしかない、と思う。

みなさんお気づきとは思う。北大路さんは文章が非常にうまい。さらに、構成というのか、話の組み立てが卓越している。ひとつずつ違って、新鮮で、それぞれがすごくいい。笑いの加減の絶妙さはいうまでもない。吹き出したり、爆笑したり、くすっとなったり。泣き笑いみたいなのもあったりする。せつない笑いや、ものがなしい笑い、いろんな笑いを体感できる。笑いの種類が豊富なのだ。こういうのって、才能かなあ、やっぱり。

などと急に砕けた口調になったのは、あまり突き詰めたくない気がするからだ。才能？　だとしたら誰も北大路さんには勝てない。努力？　なはずないよね。もしかして、ビールを飲んでいることになっている時間を、実際にはすべて文章修行に充《あ》てているのだとしても、それでこういうものが書けるなら安いものだと思ってしまう。そしてたぶんビールを飲んでいることになっている時間はほんとうにビールを飲んでいるのだと思うから、ますます納得がいかない。才能って不公平だ。才能って圧倒的だ。

想像だとか、空想だとか、妄想《もうそう》だとか。頭の中だけで自由に考えることが、私も好きだった。考えるだけなら得意だったといってもいい。でも、それとこれとは別だ。頭の中のものをこんなふうにしっかりと細部まで見える形で、すっきりとしたやさしい文章で、見開き二ページで五度ほど笑わせつつ、しかもあくまでも品よく目の前に取り出してみせることがどんなにむずかしいことか。普通は、頭の中の世界がどんなに豊かで奇妙でおもしろくても、他人に見える形で取り出したとたん、しょぼくれてしまう。わかりやすくすることと、おもしろさは反比例するはずなのだ。作家というのは、そういう葛藤《かっとう》と、日々闘っているのだと思っていた。でも、ちがう。たぶん、ちがう。北大路さんは闘わない。ものすごく自然で、自由に見える。それなのに、どうしてこんなに鮮やかなんだろう。

自らがかけた間違い電話からはじまった「丸川寿司男の数奇な運命」。たいへん読後感のいい、素直に笑える一篇である。でも、気をつけていないと、どこまでが現実に起きたことで、どこからが作者の頭の中で起こったことなのか、あまりにもなだらかにつながっていて境目がわからなくなる。わからなくなる騙《だま》された感がまた心地よい。

「ひと夏の出会いと別れ」も素晴らしかった。この掌篇が『文蔵』誌に掲載されたとき、「わー」「うおおー」「キター!」と叫び声が上がった。北大路公子ファンからの読了後の叫びだった。「これを待ってた!」という感じ。思わず引き込まれる語り口、かすかなミステリ臭、寓話《ぐうわ》のような、現代のメルヘンのような掌篇を読み進めていくと、ラストで不意に現実に引き戻される。そうか、これはエッセイだったのか、という軽い驚きとともに、もっと読みたい、という強い衝動が生まれる。もっと、もっと読みたい。それは多くの読者も思ったことだったようで、この続きを読みたい、できれば短篇にして発表してほしい、いや長篇を読みたい、とファンのツイッターでずいぶん話題になった。ついには「(あの)河童(の物語)で(原稿用紙)400(枚)読みたい」が合言葉になったのだ。「河童で400」。ファンは今も待ち続けている。

ぬるくなったお湯を何度も取り替えつつ、じっくりと東京を湯煎にかけている。その冷めたり熱くなったりするお湯の温度変化を、気の毒な東京の人は四季だと思い込んでいるが、実は夏というのは新しいお湯が投入されたばかりの季節なのだ。(一二九ページ)

こんな文章、どうやって書くんだろう。いや、そもそも、こんな発想、どこから生まれるんだろう。この「北海の盗み見の白熊、敗北す」も、隅から隅まで素晴らしい。北海の白熊が変化するところが見事すぎて何度読んでも息をのむ。北海の白熊は、北海の仏の白熊になり、北海の軟弱な白熊になる。そして、北海の盗み見の白熊となり、やがて北海の無力の白熊へと変化する。私、という主語がある中に、チラッチラッと挟んでくる一人称の変態(幼虫がさなぎになったりするほう)。そして、なぜに北海の白熊か。そう思いながらため息が出る。見事すぎる。

「人類が進化を諦めた日」。納豆について、ただの納豆について、これだけ壮大な物語を紡《つむ》ぐひとがいただろうか? いったい納豆に何文字費やしたのか、その執着心はどこから来るのかと訝《いぶか》りたくなるが、北大路さんはたぶん執着すらしていない。そんなものはなくとも、納豆ひとつで、鍋の蓋《ふた》ひとつで、あるいはまたマリコひとりで、豊穣《ほうじょう》の物語を生み出せるのだ。掌篇や短篇と呼ばれる分量ではなく、具体的にいうと100枚くらいはやすやすと書いてみせるのではないか。**ただ、書かないだけで。**

さて、傑作ばかりのうちでも白眉《はくび》だと私が思うのは、お風呂の遠さについて語る

「世界で最も遠い十五歩」だ。読んでいて呼吸が浅くなった。私の体質など誰も知りたくもないと思うけど、本を読んでいて呼吸が浅くなるのは、心から感動したときだけだ。たぶん息を止めて読んでいるのだ。それで、読み終えて気がついたら、浅い呼吸を繰り返している。お風呂までの道のりが書かれているだけのはずなのに、なんだろう、これ。一瞬、作者と一心同体になって猫を待ち望んだり、サザエさんの家族を指折り数えてしまったりする。ナポレオン、好きだ。つまり、解説する気を完全に失わせる一篇だ。

　ところで、終盤、サイン会のところで思いがけず宮下の名前が出てきて驚いた。そう、2016年8月、私は北大路さんのサイン会に行った。その朝まで道東にいて、台風の中、車で札幌に向かったのだ。大雨というより豪雨に近く、高速道路で前が見えないほどだった。これは無理かもしれない……と何度も挫《くじ》けかけたのだけど、走りに走ってなんとか無事に間に合った。大きくて明るくてぴかぴかの書店さんに雛壇《ひなだん》のようなテーブルがあり、そこにお雛様のような北大路さんがすわっていた。そのつるつるしたお顔を遠くから見て、ああ、来てよかった、と思った。サイン待ちのひとびとで長蛇《ちょうだ》の列ができていたのに、みんなにこにこ並んで一歩ずつ北大路さんに近づいていくのを楽しんでいた。美しい光景だった。そうして私はこの本に名前を載せてもらう栄誉に与《あずか》った。うふふ、自慢です。お会いできてよかった。ちなみにサインはほんとうに名前だけの、なんというか、ものすごくあっさりしたサインだった。潔い感じ。もしもこの本でまたサイン会が開かれるなら、もちろん私はまた並ぼうと思う。そしてまた、あのあっさりしたサインをもらおう。

（作家）

本書は、月刊文庫『文蔵』の二〇一四年六月号～二〇一六年十一月号の連載に、編集者に次の連載を催促されながら加筆・修正したものです。

四十四ページのイラストは、にご蔵さんが描かれた著者のツイッターのアイコンを模写したものです。

著者紹介
**北大路公子**（きたおおじ　きみこ）
北海道生まれ。大学卒業後、フリーライターに。新聞の書評欄や文芸誌などに寄稿。
著書に、『生きていてもいいかしら日記』『頭の中身が漏れ出る日々』『ぐうたら旅日記』（以上、ＰＨＰ文芸文庫）、『枕もとに靴』『最後のおでん』（以上、新潮文庫）、『石の裏にも三年』『晴れても雪でも』（以上、集英社文庫）、『苦手図鑑』（角川文庫）、『流されるにもホドがある』（実業之日本社文庫）などがある。

---

ＰＨＰ文芸文庫　私のことはほっといてください

---

2017年７月21日　第１版第１刷

著者　北大路公子
発行者　岡　修平
発行所　株式会社ＰＨＰ研究所
東京本部　〒135-8137 江東区豊洲5-6-52
文藝出版部　☎03-3520-9620（編集）
普及一部　☎03-3520-9630（販売）
京都本部　〒601-8411 京都市南区西九条北ノ内町11
PHP INTERFACE　http://www.php.co.jp/
組版　朝日メディアインターナショナル株式会社
印刷所　共同印刷株式会社
製本所　株式会社大進堂

---


ISBN978-4-569-76733-8

PHP文芸文庫

# 生きていてもいいかしら日記

北大路公子 著

40代独身。趣味昼酒。座右の銘「好奇心は身を滅ぼす」。いいとこなしな日常だけど思わず笑いがこぼれ、なぜか元気が出るエッセイ集。

定価 本体五五二円（税別）

PHP文芸文庫

# 頭の中身が漏れ出る日々

北大路公子 著

40代独身、趣味昼酒の女性が、怠惰な日常に無駄な妄想を絡めて綴る抱腹絶倒エッセイ第二弾。奥の深い「くだらなさ」に心底笑えます。

定価 本体六一九円(税別)

PHP文芸文庫

# ぐうたら旅日記

恐山・知床をゆく

北大路公子 著

恐山の温泉で極楽気分？ 知床でいちゃつくカップルに呪いを？ 腰の重い人気エッセイストがぐだらなくも愉快な視点で綴る爆笑旅日記。

定価 本体六二〇円（税別）

PHP文芸文庫

# うふふな日々

あさのあつこ 著

自然豊かな岡山で暮らす人気作家。平々凡々な毎日かと思いきや……。妄想一杯な日々のあれこれをユーモアたっぷりに綴ったエッセイ集。

定価 本体六四〇円（税別）